U0017540

學校是我們的

五聲鐘響

安德魯・克萊門斯◎著
周怡伶◎譯

【推薦一】

找到自己「神聖的不滿足感」

親子作家 李偉文

我相信大家對安德魯·克萊門斯不陌生，因為他所寫的校園小說可以說是本本精彩，除了生動好看、貼近孩子的生活之外，幾乎每一本書都在解答一個孩子成長中會面臨的困惑與徬徨，提供青春期風暴的孩子透過故事梳理自己紛亂且無法被理解的情緒。

【學校是我們的】系列與過去克萊門斯作品最大的不同是，這是五本連貫的系列小說，透過青少年階段最喜歡的冒險、尋寶與解謎的故事，帶出了為公義挺身而出的行動。

美國的海波斯牧師（Bill Hybels）觀察到人在成長中有個重要

蛻變的時刻，他稱為「神聖的不滿足感」（Holy Discontent），也就是每個人在生活中都會有看不慣的事情，可是通常只是用嘴巴抱怨一番就過去了，然而當有些人在某些特殊情境下，產生「此事非我不可」的體會，並且願意行動與參與，這些努力與經驗，往往會改變這個人的一生，讓他往更美好與有意義的人生邁進。

美國教育學家威廉．戴蒙（William Damon）也發現，近代許多年輕人喪失了對生命的追尋，也許物質環境很好，學歷很高，但是呈現兩極化，一則對社會冷漠而疏離，另外就是憤世嫉俗，只會罵而不想現身參與。如何讓這些被卡住的年輕人重新獲得前進的力量，恐怕是當代新的課題與挑戰。在威廉．戴蒙研究與調查後認為，少數願意參與有意義活動的年輕人，他們能夠集中力氣勇於實踐自己的夢想，大多是在青春期曾經歷過以下幾個美妙的時刻：

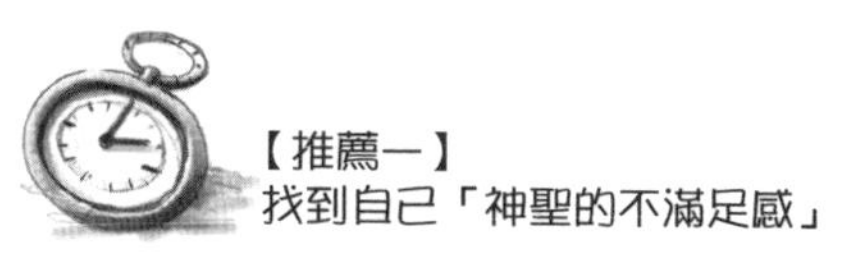

一、曾經與家人之外的人有過啟發性的對話。

二、發現世界上有某些很重要的事可以被修正或改進。

三、體會到自己可以有所貢獻，並且形成一些改變。

四、獲得家人或朋友的支持，展開初步的行動。

五、透過行動有進一步的想法以及獲得所需的技能。

六、學會務實有效率的處理事情。

七、把這些行動所學習到的技能轉換到人生其他領域。

從【學校是我們的】這系列精采的小說中，可以很清楚的看到班傑明正一步一步經歷這幾個階段，也建構了自我價值與意義追尋的脈絡。

誠摯的盼望台灣的孩子看完這套小說後，也能如班傑明一樣找到自己的「天命」，一個自己可以有所貢獻的人生目標，當然，我也希望每個有機會陪伴孩子的大人與師長，都可以成為給孩子帶來人生啟示的貴人。

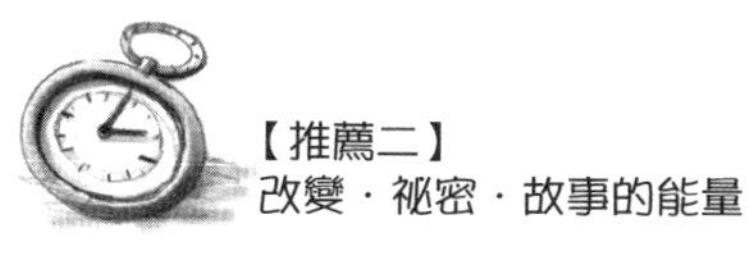

【推薦二】

改變．祕密．故事的能量

新北市秀朗國小教師
羅秀惠

什麼？就在居住的社區附近要興建一座航海主題樂園！學校將因此搬遷重蓋，校舍也將煥然一新……對許多孩子而言，這真是夢寐以求的事！然而，就在暑假前一個月，班傑明原本平順的學校生活，卻因接受了學校老工友託付的一個金幣後開始改變。

透過班傑明的眼，我們彷彿看到愛居港這個濱海小鎮原本寧靜宜人的地景。隨著班傑明對自己居住地的歷史探索，我們似乎也身歷其境，甚至開始思考：對於每天生活的環境，我們是否因習慣而無感？難道非得到面臨變化甚至毀壞之際，才會驚覺自己對這塊土

地的感情？才會思索這些改變的正當性與公平性？

故事的場景設定引人入勝，手機、網路、雲霄飛車、回家功課、考試、查資料、寫報告、友伴關係及同儕互動……無一不是現今孩子的生活寫照。作者細膩深刻的描寫，似乎是對讀者進行彼此同質性的一種宣告，極具感染力。

愈是祕密，愈想探索；愈是衝突，愈具吸引力。這是千古不變的道理。故事從書名開始就極具吸引力，《謎之金幣》、《五聲鐘響》等各集書名就足以引發預測的欲望，接著讓人想進一步窺見其祕密，引領讀者一步一步跟隨情節的高潮起伏，時喜時驚。

深諳此道的克萊門斯不遺餘力的創造了一個充滿謎題、看似線索雜沓的場景。他透過一個勇敢、冷靜、對生命充滿熱情、對社會具有使命感的小學生，抽絲剝繭的理出事件脈絡，令讀者不忍釋卷

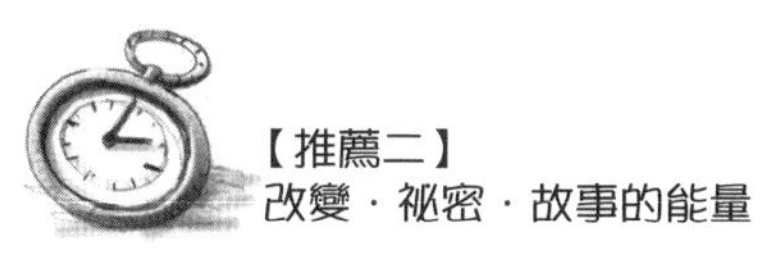

的跟著一路深掘探究；而書中孩子與大人間的互動關係，時而溫馨，時而緊張，就如同貫穿全書的愛居港海濱，有著溫潤宜人的海風，也同時伴隨著隨時可奪人性命的浪潮，波詭雲譎的情節，牽引著讀者一同探索真相、領略尋寶的刺激和解謎的趣味。

除了緊扣環保、校園等這些孩子較為熟悉的主題之外，作者更企圖以迷你蝦米（小學生）對抗超級大鯨（大財團）這種強而有力的對立衝突，引發讀者對社會正義的關注與思考，使本書在輕鬆筆觸的表象下，有著深沉的靈魂。而承載著如此巨大能量的，是對學校的熱愛，對朋友的信賴，對環境的期許，以及對生命的信念。這一切，都使這【學校是我們的】系列呈現出豐厚的底蘊，益發引人再三探索品味！

【推薦三】

各界好評推薦

安德魯・克萊門斯根本就是個聰明慧黠、充滿鬼點子卻又胸懷著體貼心和正義感的大孩子。他筆下的【粉靈豆校園小說】系列不只貼近青少年，同樣也引起成人讀者的共鳴，因為，誰沒有春青瘋狂過？更何況他的文字又如此有魔法，讓人往往不小心就一口氣看完，哦！不對，因為中途常會笑岔了氣，所以必須換氣啦！

光想到他的【學校是我們的】系列出版，我內心就非常興奮期待，因為這是安德魯首次為讀者撰寫更富吸引力、故事更具張力的連貫小說。他將引領讀者深入貪得無厭的財團滅校計畫中，跟著故事主角班傑明一起歷經推理、懸疑、艱困的過程，拯救他的小學。

我相信讀者在享受安德魯絕對引人入勝的故事鋪陳之外，一定也會對大人世界裡複雜的土地徵收、官商勾結、環保運動和公民意識有具體的認識和了解。我相信對讀者來說，不管是大、小讀者，這將是很重要而且很受用的收穫！

來吧！歐克斯小學的大門已經打開了，班傑明即將發現創校者歐克斯船長在兩百年前的校園裡埋藏保護學校的祕密計畫，快點跟上腳步吧！

——飛碟電台主持人　**光禹**

【學校是我們的】是克萊門斯先生首次撰寫系列連貫的小說，共五集。故事主角班傑明在接受老工友臨死交託的一枚金幣後，和

同學吉兒展開了搶救學校大作戰。這兩位主角關注學校的存廢並探究歷史真相，過程高潮迭起，還加入推理懸疑的元素。作者還以幽默風趣的對話呈現出兩位主角如何面對自己的擔心，以及如何害怕與假工友李曼之間的衝突，令人發出會心微笑。而主角堅持到底、永不放棄的決心與毅力也很令人讚歎和佩服。

閱讀本系列小說能感受到與平日生活不同的閱讀想像空間，喚起讀者的公民意識，提升觀察力、邏輯思考能力及豐富的閱讀經驗，並進而提升寫作能力，是一套值得推薦的系列小說。

——新北市新店國小校長　吳淑芳

這裡有吸引青少年的元素：懸疑、推理、解謎、冒險，情節引人入勝，在在增加了故事閱讀的樂趣。這裡有啟迪青少年的內涵：

勇敢、智慧、正義、友誼，讓新世代對社會不再冷感，能促進仿傚學習的動機。這裡還有額外知識上的收穫：帆船、航行、建築、設計，帶領讀者進入較為陌生的領域，開拓視野。

而我更欣賞故事中流露的歷史感，主角對學校因了解而欣賞，因欣賞而認同，因認同而捍衛，是一種與歷史接軌產生的情感與責任，既不濫情、也不理盲。

——臺北市士東國小校長、兒童文學作家　**林玫伶**

故事一開始就以富有懸疑性的情節展開！六年級學生班傑明無意間捲入一場貪婪開發的利益爭奪戰，改變了他的日常生活。

具有兩百年歷史和地標意義的學校在議會上做成決議，將被拆除出售改建成遊樂園。收到看守人臨死前託付一枚從一七八三年就

流傳下來的神祕金幣，讓班傑明了解自己的使命——他必須為學生捍衛受教權利而戰。然而面臨父母剛剛分居的他，在心煩意亂之間，如何和同學合力以小蝦米對抗大鯨魚，為守護學校而奮戰？

在安德魯．克萊門斯的生花妙筆巧妙安排之下，讀者將迫不及待跟隨故事發展持續閱讀，解開謎團！

——【童書新樂園】版主 陳玉金

十年樹木，百年樹人。當我們的下一代沒有公民意識，不在乎社會公義、環境保護，甚或是將來長大成為只在乎金錢、追求奢華的財團、財閥時，我們終將為這功利主義的一代付出慘痛的代價。

安德魯．克萊門斯的小說一向充滿議題。【學校是我們的】這一系列小說，以孩子的眼光討論關於政商結構、環境開發、社會公

義等課題。面對危險的「挺身而出」，或是安全的「逆來順受」，主角班傑明和吉兒會做出什麼樣的選擇？大人和小孩看了都可以好好的上一課。

——親子作家 陳安儀

一枚從工友金先生手中接過的金幣，使書中主角班傑明「為學校而戰」的信念開始萌芽。捍衛學校的過程中，他不僅體察到對自我、對環境複雜的感受，並一步一步釋放主觀的對錯評價，更從學校創辦人歐克斯船長與吉米、湯姆、羅傑等工友對學校存在的堅持中，學習到金錢與權勢並非幸福的絕對要件。

學校是傳授知識和價值體系的場所，安德魯·克萊門斯巧妙的藉由班傑明守護學校的系列故事，闡述了守護存在時間之外的永

恆，而「信心帶來改變」的美好價值也在其中不言而喻了。

——臺北市興華國小教師　黃瀞慧

一枚金幣揭開了橫跨兩百年的學校創校歷史。老校面臨被拆毀的命運，兩個孩子意外成為「學校守護者」，他們從被動到主動積極，使原本平淡無奇的校園生活，開始注入懸疑緊張、充滿探險精神的不凡經歷。

作者藉由主角班傑明表現出孩子的純真特質：

一、忠誠：願為理想而戰，始終堅定不移。

二、勇氣：以弱擊強，以小搏大，雖然害怕但謹慎行事且意志堅定不動搖。

三、承擔：願意為理想付出代價，雖然遭受超過負荷的壓力與

恐懼，仍勇往直前。

四、機警聰明：在謎霧中探索，發現關聯，一步步解開謎團，帶讀者經歷這推理解謎的過程。

——臺北市文化國小校長　鄒彩完

一枚古老金幣突然的出現，帶出一個古時候的怪異船長，他精心布下了五個關鍵性的謎語，在一所即將消失的學校裡，引發了兩個熱血少年投入了一連串懸疑、推理、冒險、突圍的行動裡。

傳說和歷史糾結，親情和正義矛盾，一對勇於冒險的心靈，在面對千迴百轉的疑慮與挫折中，慎重的思考著如何平衡家庭的親情，腳踏實地的處理法律的幽暗難題，再進一步去護衛環境與土地的正義。原來夢不遠，就在心裡，就在日常的行動裡。

在擔心中，忍不住一頁一頁的看下去；在疑惑中，不禁想著事情原來可以換個方式來處理。在這一系列小說中，為著美麗的海岸，為著屬於孩子們的學校，為著保守美麗的夢想，我們學會了堅持，更學會了思考和判斷的能力；我們學會了實踐，更學會了細心探索與按部就班的行動。

——新北市私立育才雙語小學校長　潘慶輝

【前言】
給中文版讀者的一封信

親愛的讀者朋友們：

以前我寫過一些故事連貫的書，不過，【學校是我們的】這個系列是我第一次計畫好一個長篇故事，並且已經預先知道要把它分成五集來完成。這樣的寫作計畫和寫一本獨立的小說（單本有開頭、中間和結尾）是不一樣的。系列裡的每一集都要有自己的開頭、中間和結尾，每一集本身則必須是一個完整而圓滿的故事；然而，每一集卻也必須在這整個長篇裡往前並往上推進這個故事，一直推進到最後一集的最後一刻。

這個系列的寫作想法是緣於我對老事物的喜愛，像是老建築、老工具、老機器、帆船、寫字用具、導航器材等等。這個故事的核心問題是：搶救一棟即將被拆除且土地將被變更為商業使用的歷史建築。這是目前全世界都在面臨的掙扎。我非常喜歡今日人們在各個領域創造出來的新發展，但是，我仍然希望我們可以在創造這些進展的同時，不要毀掉過去留下來的美好事物。

我希望它是個冒險故事，是過去的冒險，也是現代的冒險。我試著把書中的角色和事件寫得更有真實感，像是會在現實中發生。就在上星期，有一對住在加州的夫妻在他們家後院挖掘出八桶一共價值一千萬美元的金幣。這件真實人生中的尋寶奇遇如此驚人，比較起來，我虛構的這些角色所做的精彩冒險，簡直太乏味了！

我在寫作時總是問自己：如果孩子、家長和老師讀了這本書，讀完之後會不會覺得花的時間很值得？我要很高興的說：對於這五本班傑明．普拉特的冒險故事，我相信答案是肯定的。

獻上我所有最美好的祝福。

安德魯．克萊門斯

二〇一四年三月

學校是我們的 五聲鐘響

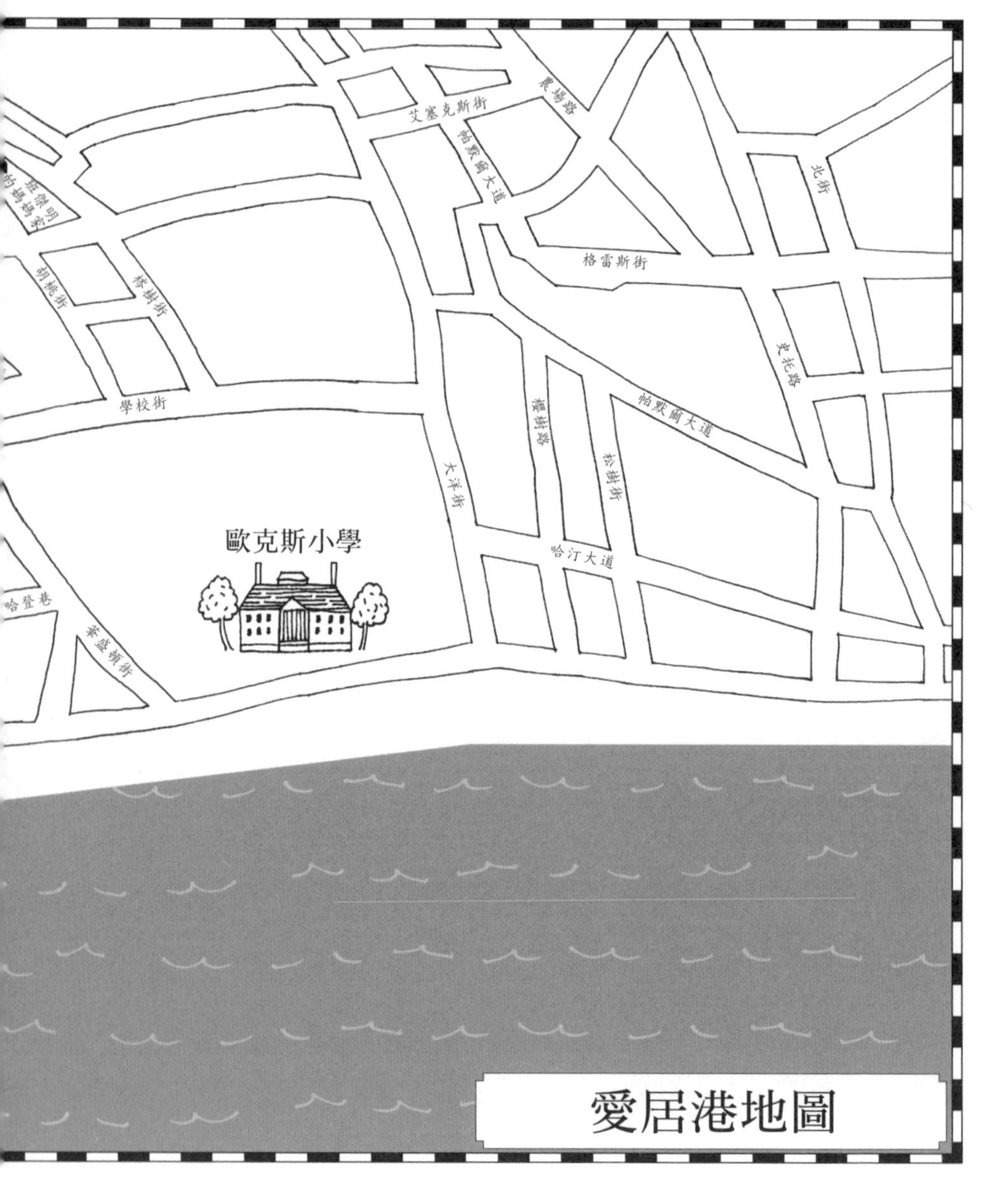

艾塞克斯街
農場路
帕默爾大道
北街
班傑明的媽媽家
格雷斯街
胡桃街
橡樹街
史托路
學校街
帕默爾大道
櫻樹路
松樹街
大洋街
歐克斯小學
哈汀大道
哈登巷
華盛頓街
愛居港地圖

塞勒姆街
華勒街
榛樹街
快樂街
哈佛頓街
貝蒙特街
中央街
高地街
聯合街
海門教堂
南街
後街
海灣街
前街
水街
大西洋大道
多瑞巷
十字街
威廉街
海灘
藍洋風帆俱樂部
帕森斯
遊艇碼頭
門羅街
馬迪森街
傑佛遜街
吉兒的家
大西洋大道
班傑明爸爸的船
巴克禮海灣

1 英雄變狗熊

班傑明．普拉特有些重要的調查工作要做，所以他計畫要一整天像個隱形人，所有會分散自己注意力的事都不去碰。他要在歐克斯小學裡像個鬼魂一樣飄來飄去，觀察、檢驗、分析。他帶了一包全新的資料小卡用來整理筆記，還有他那台挺不賴的數位相機，它只比一包口香糖大不了多少！他還帶了一支小手電筒和一個三點六公尺長的捲尺，這都是祕密偵探的裝備。

不過今天，隱形人大概是做不成了。

「班傑明，幹得好啊！」

「嘿！普拉特——聽說你救了傑瑞特是吧？太厲害了！」

星期一早上，他人都還沒進到教室，就已經和同學擊掌四次，還被叫「英雄」、「冠軍」、「超級救生員」，還有「水中大力士」。

沒錯，星期六的帆船比賽，他的確是跳進波浪起伏的海裡救了翻船落水的羅伯・傑瑞特。不過這只是因為事情發生時，班傑明剛好在他旁邊，不然是要眼睜睜的看著他淹死嗎？

星期六晚上，一群記者拿著閃光燈和相機聚在班傑明媽媽住的房子前面，媽媽把這些人趕出草坪。媽媽跟他們說，有個男生遇到麻煩，兒子幫了他一下，就這樣而已。除了這些，班傑明也沒想到還要說什麼。

不過，羅伯說的可不少了。

他靠在病床上，額頭上纏了紗布，他跟每個人都說了。在一家

波士頓的電視台上，這場意外被稱為「海上救難」，另一家電視台把它叫做「從死神手上逃出」，星期六和星期日兩天都播放了這一則精彩的新聞。

讓班傑明驚訝的是，羅伯真的把一些功勞歸給了他。羅伯直接對著鏡頭說：「是啊，如果不是班傑明的話，我可能就沒命了。」

不過，羅伯也這麼說：「最糟的是，事情就剛好發生在我快要拿到今年第一場勝利的時候！」

每次都這樣。

今天，每個人都把班傑明當成明星，這樣他根本沒辦法去做什麼探查。大事不妙，因為他真的必須找出一些新靈感。

整個週末，他一直反覆在想星期五那天和吉兒一起找到的線

索，這些線索一定可以讓他發現一些事，可以讓這個學校不被拆掉……可以阻止葛林里娛樂集團在這個港邊蓋起一座主題樂園……可以讓愛居港不要變成一個充滿霓虹燈的觀光勝地。

這就是任務，看起來似乎不可能達成，而且還挺瘋狂的。

鐘響了，第一堂導師時間開始，每個人都站起來唸美國的效忠誓詞，接著校長開始宣布事項。但是，除了那些線索，班傑明什麼都沒辦法想。在他腦中，這些線索已來來回回跑了上百次：

五聲鐘響後，請你來入座。
四乘四之後，再上踏一步。
經過三個鉤，一個是黃銅。
潮水轉兩圈，有人走進來。

一顆靜止星，地平線遠去。

他在星期日打了兩次電話給吉兒，今天早上上學前又打了一次，問她有沒有什麼進展。

「班傑明，拜託你休息一下好嗎？我**知道**我們需要突破，但是，我們到底要找什麼？要從哪裡開始？我們能找到什麼可以阻止那些人的東西？葛林里集團已經花了**三千五百萬美元**了，這間學校是**他們的**。到了六月十八日，他們就要把學校拆了。現在，我要吃早餐啦，再見。」

她聽起來很生氣，也不太支持，這不像她。班傑明不知道是怎麼回事。上星期五，吉兒明明很堅定啊，而且星期六帆船比賽後，她看起來也很高興。所以……週末一定發生了什麼事。到底是什麼

事，班傑明完全摸不著頭緒。不管吉兒在煩惱什麼，這都不是好事。因為班傑明很確定，如果吉兒不幫忙，他們乾脆直接去買那個「大船樂園」的終生會員卡算了，主題樂園的廣告已經刊登在星期日的《波士頓環球報》上。

不過，班傑明確定會在第三節數學課遇到吉兒，也許那時候他就會想出什麼了，或至少會想到下一步要怎麼做。也許，吉兒只是需要他們真的有在進展些什麼的感覺吧！為了讓吉兒打起精神來，班傑明什麼都願意試。

溫爾頓老師點了名，發下這星期的課堂時間表。發完之後，離第一節上課還有十分鐘。於是班傑明拿出一枝鉛筆和一張空白的資料小卡，開始努力的想。

他想到那塊銅牌，那是他和吉兒在三樓地板上一個祕密小空間

裡發現的。一七九一年，第一任學校守護者把這個訊息藏在那裡。裡面那一行關於歐克斯船長的話，這時跳進了班傑明的腦袋：**為了幫助我們保衛自己，他準備了五個保護裝置**。

班傑明在資料卡上寫下「保護裝置」。

說不定吉兒是對的：歐克斯船長只不過是有錢的怪老頭，只想引人注意，因為他是那種會把自己墳墓放在遊戲場中央的人嘛！

不對。班傑明已經很確定一定不只是這樣。

他想到金先生給的那個金幣上刻的字，他又在資料卡寫下兩個詞：「攻擊」和「保衛」。

這兩個詞都是軍事用語。

這很合理，畢竟歐克斯是個**船長**，他會採取行動、指揮全局。在獨立戰爭時，他曾經參加美國海軍，指揮一艘自己的船。

班傑明看著他寫下來的三個詞，想像自己是個船長，要對一艘大船和船上所有人的生命負責任。船長一定要監督好每一件事。他的船要航行好幾千哩，在波濤洶湧的大海裡待上好幾個月。船長會需要管理每一桶水、每一袋麵粉、每一張帆布、每一支槍和砲彈、每一克火藥、每一公尺的繩子。

所以，歐克斯船長一定不是個精神錯亂又古怪的人，他一定是個擅於思考與規畫的狠角色。

而且……船長把一棟貨倉改裝成這個學校，那就像是為了大船出航之前所做的準備——這一趟是要遠遠的航向未來。而且，船長很確定未來一定會有危險。

班傑明記得在圖書館裡老師找給他的那本書，在書裡，他讀到關於船長的事。歐克斯那時候已經很老了，所以他知道自己沒辦法

再親自指揮這艘新的船。如果這艘船受到攻擊，船長之下的軍官們就得自己對抗敵人了。**但是……**如果船長事前小心的計畫，並且留下正確的武器，也就是「保護裝置」，這樣的話，他的船和船員就能活下來。

那麼，在這艘最重要的船上，是誰接替船長擔任指揮官呢？是學校的工友。

班傑明微微的笑了。選擇這些可靠又專業的工友們來保衛學校，並且要他們帶著這個有著船長命令的金幣，實在是太天才了。而且這麼多年來，每個工友都要負責找到一個接任的人，這個人必須值得信任。

從一七八三年以來，船長的計畫都很順利，一直到上星期四為止。現在，這個工友是不能信任的，這就是金先生會把金幣交給班

傑明的原因。

所以，**我**就是那個新的指揮官，班傑明這樣想。他的微笑成了得意的笑。

但是一想到金先生，班傑明的笑容就消失無蹤。他把金幣交給班傑明之後，不到幾小時就過世了。他還警告班傑明，那個助理工友李曼是個像蛇一樣狡猾的人。

班傑明心想：李曼可不只是狡猾而已。

李曼是個商業間諜。那家大公司破解了船長的遺囑，成功買下這間學校，接著就雇用李曼來為他們工作。

李曼是個大麻煩。

「班傑明？」

他抬頭一看，老師正伸手發東西給他。班傑明從她的手上拿了一張紙。

「我差點忘記了，辛克萊老師要你在第一節上課前，去圖書館找她。」

「喔，好。」

班傑明把資料卡塞進口袋裡，站起來。

「還有，我聽說你週末的事了。我真以你為榮。」

「謝謝，」班傑明臉紅了，「不過，真的只是因為我是最靠近那場意外的人。」

「嗯，」溫爾頓老師說：「我還是很為你感到驕傲。我們大家都是。」附近的同學也點點頭。

班傑明尷尬的笑一笑，整張臉紅通通的。他抓起書包，趕快衝出教室。

這樣要怎麼當隱形人啊？

圖書館在一樓的另一頭，班傑明走在走廊上，這時一個人影也沒有。他知道為什麼辛克萊老師會找他，因為他和吉兒要一起做一個社會科報告，主題是關於歐克斯小學的歷史。也就是說，他們可以在學校這棟建築裡多待一會兒，可以好好搜尋到底歐克斯船長留下了什麼「保護裝置」。

這個計畫太棒了，這可是**班傑明**想出來的好點子。

除了羅伯．傑瑞特來插一腳之外。這樣會拖累他們，也會讓事情更複雜。難道還不夠複雜嗎？

班傑明搖搖頭，整件事實在太瘋狂了。再過一個月，這間學校就要被拆掉，這件事竟然得靠他們兩個小孩來阻止？不過，班傑明要自己別這樣想，這倒很像吉兒會說的話！如果他們**兩個**都感到灰心，那整件事就完了。班傑明必須保持戰鬥。不過……這好像還是挺荒謬的。

他一走進圖書館，辛克萊老師就看到他了。老師點頭示意著圖書館中央那個用玻璃圍起來的小研究間。「你去那裡一下，我馬上就來。」

在這所老學校中，圖書館是班傑明最喜歡的地方，所以他很高興有個幾分鐘坐下來看看四周。這裡很大，挑高的天花板讓整個空間感覺開放又通風。圖書館主要的空間裡，四周牆壁都是深色的橡木書架。書架邊緣雕成粗繩索的樣子，每個書架最上面的板子也雕了裝飾圖案，有些雕刻著海上的船、波浪、雲和飄揚的旗子；也有一些是新英格蘭的農場和忙碌的港口。班傑明最喜歡的一幅是一隻體型龐大的鹿站在一座樹林茂密的山坡上。設計師還在這個空間裡

加了三個淺淺的凹室，這樣才不會感覺被長長的書架包圍起來。凹室在北面、東面和西面牆壁的正中央，每個凹室都有一張深色的橡木桌和一張坐起來很舒服、有軟墊的板凳。寬大的含鉛玻璃窗面對東邊和北邊，能夠照進許多陽光。雖然在這個空間的中央擺放了現代的桌椅和電腦桌，它原本的氣息還是保留著，可說是古色古香。

班傑明看著四周，心思又回到歐克斯船長和保護裝置，他和吉兒一定要去破解這個謎。他們兩個要做專題報告，這個圖書館有點像是他們的指揮中心，班傑明覺得這樣很好，上課前、放學後他們都可以來這裡。而且，他和吉兒做報告時也會需要畫圖和拍很多照片，這樣他們就可以在學校到處晃晃，想去哪裡就去哪裡。至少，這是**他的**計畫。

他的這個計畫實在太天才了。

辛克萊老師來到小研究間，站在他面前。班傑明抬起頭來微笑看著老師，但是一看到老師的表情，班傑明的笑容立刻消失。

「班傑明，那本書不見了。就是星期五你來借閱的那本書。」她的聲音很平淡，而且冷冷的。「我幫你從參考書的架上拿下來，你答應過會小心的。但是今天早上，舒伯特小姐發現書不見了。」

班傑明覺得喉嚨好緊，臉開始發燙。「但是我……」

老師舉起手。「不，讓我說完。我還沒跟泰默校長說，其他人也不知道。我想先找你談。如果是你誤會我說的話，而把書帶出圖書館，那你只要還回來就好。只要書沒有損壞，這件事就這麼算了，可以嗎？」她看著班傑明的眼睛。「現在，你怎麼說？」

2 絕處逢生

她認為是我偷了書！

班傑明張嘴坐著，上百個不同想法在腦袋裡炸開，這時圖書館老師正在等他回話。

不見的是那本關於歐克斯船長如何創辦這間學校的舊書嗎？班傑明確實在星期五看了這本書，而且他還把書裡的一些圖用相機拍了下來。然後，他真的把書放回書架上了，他很確定。

他**沒有**偷書。就是這樣。

但是……**有人**在監視他。就是星期五那天，在圖書館裡。

所以他大可以向老師這樣解釋：「嗯，辛克萊老師，你知道的，金先生過世前給了我一個金幣，上面有一些字。現在是我要遵守歐克斯船長的命令來保衛這所學校。另外那個工友李曼先生，你知道嗎？他其實是在為那個要拆掉我們學校的公司工作，他們要在這裡蓋一個主題樂園。而李曼知道我是學校裡最後一個和金先生說話的人，所以他在監視我，免得我真的找出方法毀掉他們的計畫。所以，我滿確定偷書的人就是李曼。」

沒錯。

如果他真的**這樣**對辛克萊老師說，老師會立刻在三秒之內打電話給瘋人院。雖然那其實是真的……不過，他已經發誓要保守祕密了，對吧？

但是……要是現在就把整個事實告訴辛克萊老師會怎樣？要是

這麼做是讓他可以免去麻煩、穩住情況，並讓他和吉兒可以繼續搜查的唯一方法呢？因為眼前這個狀況會把一切搞砸。搶救這間學校難道不比保守祕密來得重要嗎？

也許辛克萊老師會相信他，也許她還會幫忙一起找那些保護裝置，也許她會……

老師眨了眨眼睛。「怎麼樣？我在等你回答呢！」

班傑明必須說點什麼。他深吸一口氣……這時候，圖書館助理舒伯特小姐匆匆忙忙跑進這個小房間。

「辛克萊老師？」

她回頭，顯然很不高興被打斷了。「什麼事？」

「嗯……」助理小姐靠在老師耳邊小聲說話。

辛克萊老師聽著，這時班傑明看到她的表情從煩躁變成……全

然的驚恐，而且臉色漸漸發白。

她回頭看著班傑明，說：「你……請你等我一下。」

她匆忙的走出小研究間，直直走向櫃檯，而舒伯特小姐跟在她的後面。

班傑明伸長脖子，卻只能看到那兩個人盯著一張紙。然後，辛克萊老師拿起一個咖啡色大信封，看看裡面，再把它放在桌上。

她對舒伯特小姐說了一些話，接著走向班傑明。班傑明知道時間到了，他必須說點什麼。

他決定冒個險。他必須把**每件事**都跟老師說。就是現在。

「辛克萊老師，我……」

「拜託，不要說了。一個字都別說。」她停頓了一下，深吸一口氣。「班傑明，我真的、真的很抱歉，而且很不好意思。那本學

校的歷史書，現在就放在櫃檯上。這個週末有個學校職員借走了那本書。這本書很珍貴，今天早上舒伯特小姐發現它不見了，我就直接跳到錯誤的結論。希望你能原諒我……對此我感到非常**難過**，不過當時我以為可能是你偷了那本書，心裡也一樣很難受，真的。實在是錯得太離譜了……這都是**我的**錯。」

辛克萊老師看起來很可憐。班傑明這時又不知道該說什麼了。於是他笑一笑。「沒關係啦，老師，真的。我知道自己沒有做錯事，而且，說真的……」他停頓了一下，腦筋轉得飛快，「在導師時間，我收到通知說你要找我，還以為你是要和我談那個歷史報告，就是我和吉兒．艾克頓一起做的那個啊，還有羅伯．傑瑞特。是社會科的報告。」

「研究報告嗎？**真棒！**」她好像很高興有別的話題可以談。

班傑明在竊笑，因為這個烏龍真是太完美了。辛克萊老師愈難過，就愈會幫助他們進行這個報告。

班傑明還是讓表情看起來很誠懇、認真。「嗯，」他說：「我們想學習學校的歷史，尤其現在學校就要被拆掉了。我們有請因曼老師跟你說，我們會需要一個地方讓我們上第一堂課之前可以聚會討論，還有下課之後，可能午餐時間也需要。所以我才會看那本書，是為了我們的報告。而我們也需要你的幫忙。因曼老師還沒有跟你說嗎？」

「沒有，她沒跟我說，但我覺得這個想法**太好了**，我會確定讓你們可以使用媒體中心的全部資源。等一下第二節課，因曼老師會來圖書館，我也會和她談談。噢，這計畫聽起來真是**太棒了！**」

「太好了，」班傑明說：「那……可不可以給我和吉兒各一張

通行證呢？……還有羅伯？因為我們必須馬上開始，希望今天就能行動。」

「哎呀，當然可以囉。」她走到她的桌邊，打開抽屜，拿出一疊亮黃色的表格。她一邊寫、一邊說：「這個計畫太棒了，你們的成果一定會令人興奮。」

「是啊，」班傑明說：「我們也都這樣覺得啊。」

班傑明這麼說，可不是在開玩笑，但是想到可以把剛剛發生的這件事對吉兒說，那真是超讚的。他開始在腦袋裡構想這個故事。首先，他要告訴吉兒，辛克萊老師認為他偷東西的時候，自己有多麼冷靜；當老師發現自己的錯誤時，他又是怎樣原諒了她，然後再好好利用這個情況把老師拉進來支持他們。就是他，班傑明·普拉特，絕處逢生的浴火鳳凰！他對吉兒說這個故事要說得很正向、積

極、有力量，然後也許就能趁機問她為什麼之前那麼消沉，接著打開她的心房，把她再拉回來。

代表導師時間結束的船鐘聲響起，辛克萊老師給了他三張通行證，班傑明站起來。「嗯，謝謝你，辛克萊老師。這真的對我們幫助很大。」

「我很高興，謝謝你的諒解，班傑明。關於那個錯誤，我**真的**很抱歉。」

班傑明聳聳肩，笑了笑。「沒事啦。那麼，等會兒見。」

「好……還有啊，班傑明，星期六你救了羅伯的那件事，做得真好！」

「謝謝……還有很多人也一起幫忙啦！不過還是謝謝你。」

他走出小研究間，沒有直接走向大門。他刻意經過櫃檯，瞥了

一眼放在大信封旁的那張紙。

那上面是很小的手寫字體，但是方方正正又清清楚楚。是用黑色墨水寫的。

班傑明毫無困難的讀到紙條最下面的簽名：

李曼

他並不驚訝，但還是全身發毛。走出圖書館時，他緊張的看一看走廊，先看看左邊，再看看右邊。他右轉快跑進連接新大樓的走廊，不太感覺到旁邊有同學們來來去去，他什麼都感覺不到，除了一陣突如其來的脆弱感。因為借閱這本舊書的事，證明了李曼**知道**班傑明在調查什麼，也證明了李曼真的在跟蹤他、監視他。

他覺得非常不舒服，同時還有一件事讓他覺得很可怕：李曼可能整個週末都在仔細研讀那本書，並檢視過那個木匠的細部繪圖；想遍了每個樓梯、每根橫梁、每個被磚塊封起來的壁爐。他可能已經列了一張清單，列出整個學校每一個可能藏東西的地方。李曼很聰明，而且他絕對是玩真的，現在他處於高度警戒狀態，準備阻擋任何干擾主題樂園成立的事。他到底發現了什麼，他下一步會怎麼做，這些都毫無跡象。

這時候，班傑明已經走到新大樓東側盡頭的那條長走廊。面對前方的挑戰，班傑明所有的信心、所有的熱情、所有的勇氣都消失不見了。這個時候，他完全明白吉兒的心情。因為現在換成**他**感到灰心、喪氣、遭受攻擊，還有……害怕。

不行！

班傑明咬緊牙關，把門往旁邊一拉，走進合唱教室。

他**不要**被**這件事**或任何其他的事阻擋。現在指揮這艘船的人，是**他**。李曼和他的老闆們以為班傑明會嚇得發抖，然後躲到船艙底下嗎？那他們可就錯了。如果他們要這麼對戰，班傑明．普拉特可是準備好了，他已經在甲板上就位！

他把書包丟在合唱階梯後面，拿起他的樂譜，看起來就像是個準備好要唱歌的學生，但是，他心裡有一場戰爭正在開打，而且他目前還是處於領先狀態。

3 沒這回事

「目前為止，你有什麼發現嗎？」

「不太多，」吉兒說：「但至少是個開始。」她拿出一張紙放在桌上。

剛剛班傑明和吉兒很快的吃完午餐，然後用他們的通行證從餐廳離開，來到圖書館。他們坐在東邊牆壁的凹室，離下一節課還有十五分鐘。

當然，羅伯也在那裡。他在醫院時，頭上纏滿紗布和膠帶，不過現在只剩眼睛上方還有一小塊繃帶，蓋住縫了七針的傷口。他坐

在遠處一個角落的桌子邊用功。「因為我才不想讓你們這兩個遜咖偷走我的點子。」

班傑明看著吉兒那張紙上一欄一欄整齊的字，對於吉兒超強的組織能力讚歎不已。吉兒用筆尖指著，開始一項一項說明，但是她看起來有點心不在焉，甚至有點隨便，好像下一秒就要打呵欠了。這種態度很糟，但班傑明覺得現在不是計較的時候。

「好，」吉兒說：「線索是：『五聲鐘響後，請你來入座。』所以首先，歐克斯船長說的鐘響是指什麼？可能是教堂的鐘、學校的鐘、船鐘、門鈴、晚餐鐘、時鐘、火災警報鐘，或者是什麼其他的警告鐘。而這裡呢，寫著：『請你來入座』？五聲鐘響是個訊號，接著就是入座這個部分。」

吉兒用鉛筆敲敲第二欄文字。

「那表示，你必須坐在**某個東西**上面。所以我們要找的應該是張椅子，或是長板凳、小凳子，或學校的桌子，又或者是窗戶邊的座位這類的東西，只不過它必須是學校剛成立時就有的。」

「是啊……」班傑明慢慢的說：「但說真的，要坐的話，什麼東西都可以坐，像是欄杆、階梯、矮牆，甚至是墓碑，對吧？」

「嗯……沒錯。」吉兒說：「但是我認為船長的木匠應該有參與這個藏東西的過程，就像那塊藏在三樓地板的銅牌，那木工技術很棒吧？所以不管我們要找的是什麼，我覺得一定是木頭做的。」

班傑明搖搖頭。「我們又不能確定木匠有參與其中……而且，木匠幾乎得修理船上的每一樣東西，有時候他必須用到銅、鉛、或者是帆布，甚至鐵條或鐵板，各式各樣的材料。我們不能排除這些東西。」

吉兒瞪著他。「我們要這樣下去是嗎？我絞盡腦汁想出來的新點子，你就坐在那裡把它們說得一文不值？」

班傑明睜大眼睛，驚訝的看著她。吉兒這個樣子，比態度不良還要糟糕。「你在說什麼啊？我又沒有命令你要**絞盡腦汁**。今天早上導師時間之後，我跟你說了我在圖書館裡發生的事，然後是你自己說，你也許可以在第二節課的時候想一想，還說你很想趕快把這個線索解開。現在，你跟我說你的想法，我也同時在用力想啊！我是說，如果換成是我把這些東西組織起來，那你就會是那個聽了之後有反應的人，不是嗎？」

吉兒還是瞪著他。

班傑明很想瞪回去，然後說：**好啦，現在到底是怎樣？幹嘛那麼激動？**但是他決定還是不要攤開來講。況且，說不定她心情不好

的原因只是很單純的……像是週末沒有睡飽之類的事。吉兒的臉看起來有點蒼白，眼睛下面還有黑眼圈，她可能只是身體不舒服吧！反正，如果有什麼事在煩她，除非等她好一些，不然她是不會說出來的。所以，現在還是退一步吧。

「哎，」班傑明很小心自己說話的語氣，「你比我聰明多了，又很會組織。這一點我知道。我還知道這件事我很需要你的幫忙。雖然我有時候也會生出不錯的點子，但可能一、兩個月才會有一次！所以我問問題的時候，只是在試著弄清楚，並不是在攻擊你，或說你笨。你可能算是有點固執，但……」他停下來笑一笑，「你絕不可能是笨蛋啦，這樣可以嗎？」

吉兒氣惱的嘆口氣，但班傑明覺得好像看到一絲她的微笑。

「好啦，」她說：「反正這些就是我想到的。那……現在怎麼辦？」

班傑明覺得他的這個共同指揮官好像回來了，雖然還是很勉強。現在這個時候他應該要主導、行動、把事情往前推進，這樣才能振奮士氣啊！

「嗯……學校裡一定有鐘，對吧？辦公室裡面就有一個，而且看起來很像是從學校剛成立時就存在了。所以我們去看看吧！我會拍一張照片，讓我們做報告可以用。」

吉兒翻了個白眼。「哎呀呀……我們要去幫鐘拍一張照片囉，聽起來好刺激啊！」雖然這樣說，她還是把她的那張紙放進一個資料夾，然後站了起來。「那麼，不要只是坐在那裡啊，普拉特。我們走吧！」

羅伯在那邊的桌上埋頭看著一本書，而且拚命做筆記。他們兩個人都走到門口了，羅伯才抬起頭來看一眼。

舒伯特小姐坐在櫃檯前。班傑明對她說：「我們把東西放在凹室裡的桌上一下，可以嗎？我們要去辦公室。」

她微笑著。「沒問題，我會幫你們看著的。」

班傑明在圖書館門口停下腳步，左看看、右看看，才走到走廊上。而且，五秒鐘之後還回頭看一下。他注意到自己的舌頭在舔門牙後面，這是他緊張時的習慣。

「放輕鬆點！」吉兒說，她刻意要讓人聽起來很隨意的樣子。「學校現在只有李曼一個工友，午餐時間會有三個梯次的人進去餐廳吃飯，他這時被困在那裡拖地，至少要花一個小時。」

「看吧，」班傑明對她咧嘴一笑，「就你想得到這些，所以才會這麼需要你啊！」

他們走進辦公室，韓登太太坐在她櫃檯後面的位子上，一隻手

拿著湯匙，一隻手拿著優格罐。

她抬頭看到兩人，笑了笑。「嗨，吉兒，嗨，班傑明。有什麼事呀？」

班傑明拿出他的通行證。「我們在做一個有關學校歷史的專題報告，我們想要看看那個古老的鐘。可以嗎？」

「當然可以，」她說著，對門的右邊點點頭，「就放在那裡，但是要小心不能去敲它，會很大聲喔。」她繼續吃她的午餐。

班傑明拿出相機。從四年級開始，他每天都會聽到這個鐘發出的聲音，卻沒有好好的看過它。那個鐘吊在一個鐵製托架上，高度剛好超過班傑明的眼睛一些。他踮起腳尖看清楚。

他第一個想法是，那個鐘至少有一百年沒打亮過，黃銅都已經變成很深的咖啡色了。但是，鐘的表面有字，刻得很深，深到讓他足以辨認出來。他用手臂推推吉兒，小聲的說：「這個鐘本來是屬於某一艘船的。看看那艘船的名字——**皇家保護裝置號！**」

她聳聳肩，好像沒什麼興致。

但是班傑明實在太興奮了，他拍了三張照片。鐘的左右兩邊牆上各釘了一塊青銅做的牌子，牌子的金屬邊緣看起來好像被埋在牆壁裡，但班傑明看得出來，那只是這麼多年來，一次一次塗刷牆壁所造成的。

在鐘的右邊那塊牌子上是一大篇歷史資料：

一七七八年十二月十六日，「皇家保護裝置號」在黑夜掩護之中進入巴克禮海灣，對愛居港發射大砲。由鄧肯・歐克斯船長指揮的斯多瓦掃雷艇與敵軍交戰。在猛烈的砲火攻擊後，

該艘英國船艦著火，船身吃水線以上燒燬，船上官兵被俘。從「皇家保護裝置號」搶救出來的木材，後來用做圖書館的書架、教室門以及學生用的桌子，還有學校裡的諸多設備。

「酷！」班傑明小聲的說。他幫這張說明牌拍了兩張照片，一張照正面，一張從旁邊的角度拍攝，連鐘一起拍進去。

他在臉的前方舉起相機，再換個目標從鐘的左邊拍了兩張照片。接著他看到銅牌上刻的字，相機差一點掉下來。

「嘿！」班傑明小聲的說：「你來看看這個！」

吉兒本來坐在辦公室門口左邊長椅上，看著上週的學校新聞。班傑明很不喜歡吉兒那種「好無聊喔」的樣子，但是他太興奮了，所以沒有發脾氣。

吉兒過來站在他旁邊，瞇著眼睛看那塊牌子。

一聲鐘響•

二聲鐘響••

三聲鐘響•••

四聲鐘響••••

五聲鐘響•••••

六聲鐘響••••••

七聲鐘響•••••••

八聲鐘響••••••••

「那是什麼？」吉兒說：「摩斯密碼嗎？還是什麼東西？」

班傑明搖搖頭。「我早該想到的。我爸曾給我一本書，裡面有一篇故事叫〈死於八聲鐘響〉。故事是說，有個水手在早晨守望任務結束的時候，被吊死在船桅的橫桿上。那些點點是表示要怎麼敲出那些鐘聲，以前在船上，他們就是用這個方式來表示時間。只要聽鐘聲的節拍，每個人就會知道現在的時間，然後就會有一小隊水手起床值班，前面一隊值班守衛的水手就可以下去休息。」他伸出一根手指頭指著那五個點。「看到沒？五聲鐘響！『五聲鐘響後，請你來入座』！」

吉兒點點頭，「是很有趣啦，不過……」

「不過怎樣？」

「嗯，」她說：「這沒真的幫我們發現到什麼，不是嗎？我是說，**這個鐘**從來沒照那樣的節拍敲響過。它每次都是敲一聲就表示有宣布事項，敲三聲表示上課或下課。而且，實際上這些聲音並不是這個鐘敲出來的，而是從喇叭裡播出來的錄音鐘聲。」

班傑明對著那塊牌子皺了眉頭。「我還是覺得它很重要。我的意思是，這個鐘是從『保護裝置號』上面來的！」

吉兒聳聳肩。「可能只是巧合啊。」

「巧合？也許吧……」班傑明說：「但是我開始覺得，根本沒有巧合這回事。」

吉兒轉頭，然後用手肘推推班傑明。「你看！」她小聲的說。是李曼，他直直朝著辦公室走過來了。

「我就說吧，」班傑明喃喃說著：「沒有巧合這回事。」

4 老虎的眼睛

李曼一走進辦公室，就直接走到櫃檯那裡，根本沒有看班傑明或吉兒一眼。

韓登太太抬頭看他。「嗨，傑若。有什麼事我可以效勞嗎？」

「嗨，瑞塔。我在等一封會計部給我的信，但我想它可能被放到別人的信箱了。我不想自己到處翻，你可不可以幫我看一下？」

「好啊。」她說完放下她的優格罐，走到一座寬寬的、一格一格的木製壁櫥。

吉兒已經出去到走廊上。班傑明可以感覺到心臟怦怦跳，感覺

到嘴巴愈來愈乾，他的本能立刻迅速竄出，他幾乎要衝出去了。

但是他接著想起合唱課開始之前的感覺。他問了自己那個同樣的問題。

難道他要嚇得發抖、躲到船艙底下嗎？

班傑明臉上死命擠出笑容，強迫自己發出很響亮、很開心的聲音。「嘿，怎麼那麼剛好？韓登太太，你介意我幫你和李曼先生照張相嗎？我們想要幫每個教職員拍照，放在我們那個學校歷史的專題報告裡。你們兩位是讓學校可以順利運作的重要人物啊！」

韓登太太笑了，她摸摸頭髮。「班傑明，這個主意真不錯，但我不覺得……」

「拜託啦，」班傑明說：「只要幾秒鐘就好。」

「喔，好吧。」韓登太太一邊說、一邊調整頭髮。她很快從櫃

檯走出來，站在李曼旁邊。

「好，」班傑明說：「笑一個喔……一、二……哎呀，李曼先生，笑開一點啊……很好……三！」相機閃光燈閃了一下。「太棒了！我會記得洗照片給你們的。謝謝！」

他出去到走廊上時，聽到韓登太太說：「他真是一個很棒的男孩！」但他沒聽到李曼的回答。

和吉兒跑回圖書館的一路上，班傑明覺得自己好像是在地板上飄浮。

在走廊上，他們轉過一個轉角，吉兒說：「你剛剛幹嘛那樣？」

「**那個呀**，」班傑明說：「是我的勝利。我要讓李曼知道，我才不怕他。」

「喔，要我說呢，」吉兒說：「我覺得那很白痴。你**應該**怕他

才對。我們是離他愈遠愈好。」

班傑明搖搖頭。「你自己說過，金先生死了，他現在盯上我、也盯上你了。我們必須面對這件事。這棟房子很大，他不可能同時出現在很多地方。我們可以一直跑在他前面……**而且**，我們知道他不知道的事。」

「修正一下，」吉兒說：「我們知道的是一些**線索**而已，並不是每件事**都清楚**。」

「是沒錯啦。」班傑明承認。

吉兒點點頭。「就是啊，除非你確定老虎有籠子關住，不然的話，在老虎面前拿肉逗牠，不是很白痴嗎？」

班傑明正覺得自己很厲害，所以不想講輸吉兒。「是啊……不過有時候你必須注視牠的眼睛，讓牠知道你不怕牠。我剛剛就是那樣。我看著老虎的眼睛……然後我跟他說：『笑一個。』我很**高興**我做到了。」

吉兒搖搖頭。「我還是覺得那很白痴。」

他們走進圖書館時，羅伯正要離開。「嗨，我找到一些很棒的東西，是學校的故事，還有照片。」

「是嗎？」班傑明說：「例如什麼？」

「你會知道的，等**我**上台報告的時候。待會兒見啦。」他轉身朝向新大樓，接著又停下來說：「喂，那傢伙找到你了嗎？」

班傑明僵住了。「誰啊？」但是他心裡知道是誰。

「工友啊！剛剛他在你們的座位那邊打掃，他問我知不知道你去哪裡，他以為你可能把東西忘在這裡了。」

「噢，有啦，」班傑明說：「他有找到我們。謝啦。」

「不客氣。」

吉兒已經回到凹室那邊的桌子，她打開自己的背包。「你背包裡面有沒有什麼東西，」她說：「可能會被他拿走的？」

「沒有。」他一邊說、一邊拍拍自己的口袋。「我帶在身上。你呢？有沒有丟了什麼？」

「沒有，我剛剛帶著檔案夾。但是我的書放的順序不對，有人翻過了。」

吉兒的眼睛突然瞪得很大。她抓住班傑明的手臂，一隻手指頭放在自己嘴唇前，搖搖頭。

班傑明馬上就明白了——有人監聽！李曼可能已經在凹室這裡裝上竊聽裝置，甚至放在他們的背包裡！那種討厭的感覺（在他知道李曼去過他家帆船之後的感覺）立刻湧上來。只是，這一次比較

像直接的攻擊。如果那人正在竊聽，現在就給他聽個夠好了。

班傑明對吉兒點點頭，說：「你知道嗎？我認為翻別人的書包是違法的。我叔叔在比佛利警局工作，我要打電話給他問問看。」

吉兒對他做個鬼臉。班傑明才沒有什麼當警察的叔叔呢。

班傑明覺得要繼續裝下去。「好啦，我們最好趕快去上第四節課。放學後要不要見面？」

「不行，我要去管弦樂團。」

班傑明滿確定她說的是真的。「好吧，那放學後我自己來這裡用功好了。你要團練多久？」

「今天只練半小時。」

「好，那結束之後我們一起去港邊走走，好嗎？」

「好啊。」她說。

到了走廊上，吉兒氣得要命，走得很快，班傑明幾乎要小跑步才能趕上她。「我不是跟你說了嗎？」她氣呼呼的，「李曼是**專業的**，我**不是**，你也不是！」

「喂，是你自己說的啊，『喔，放輕鬆，班傑明，他會被困在餐廳裡啦！』」

「我是這麼說，」吉兒點點頭，「但我錯了。我們要記得，李曼**不是**學校的工友，他是以工友身分來**掩護**的臥底。」

他們穿過一扇門，走進連接到新大樓的走廊。

「而且，」吉兒繼續說：「他有很多預算可以花。他可能有當間諜的最新設備。他可能會把GPS定位系統裝在我們的背包上。他可能現在就在監聽我們！」

班傑明搖搖頭。「是**有這個可能**，但是我打賭他沒這麼做。針

孔攝影機、竊聽、追蹤裝置，這些都是不合法的，何況是用在小孩身上。而且，這裡是公立學校，不可能啦，這樣會坐牢的。不管他收了多少錢，我不覺得李曼會去冒那個險。我的意思是，**我**覺得他不會。你覺得呢？」

「你當然這麼想囉，」吉兒說著，停下腳步，「但是**我們**不是他。我只是說，我們要**更**小心一點。如果我們要做什麼或去哪裡不想讓他知道的話，那我們就要有策略。例如說，分開行動，其中一人就可以當守衛。」

鐘聲響了三聲，他們周圍的走廊上滿滿都是小孩。

「我百分之百同意，」班傑明說：「好了，我要去三樓了。但是，不要讓這件事打擊我們的士氣，好嗎？因為，辦公室裡那個鐘，我很確定一定代表了什麼。我們可以想出來的，只要我們集中

注意力，好嗎？」

吉兒深吸一口氣，慢慢吐出這些字。「好吧。」她說：「但是，你要答應我一件事。」

「什麼事？」他問。

「**不要**去逗老虎，可以嗎？」

班傑明微笑了，舉起手放在胸口。「我答應。不會再去逗老虎了……至少今天不會。」

「班傑明，我是說真的。」

「好啦，好啦……對不起！從現在開始，我們要很認真、很小心。今天晚上我會發訊息給你。你要去上合唱課吧？」

「對，」她說：「你要上自然課。」

「對。」

「好吧，」她輕聲的說：「祝你小考順利。」

班傑明看著她。「有小考嗎？你怎麼沒有告訴我？」

吉兒笑開了。「不用怕啦，只要看著牠的眼睛，然後說：『笑一個。』」

5 怪、很怪、超級怪

班傑明溜進海門教堂靠後面的座位。裡面站著五、六十個人，正在唱讚美詩歌。上教堂遲到，讓他覺得很尷尬，可是他們三點鐘就開始了，而他得從學校走將近兩公里的路才能到這裡。

他稍微看了一下四周，看到泰默校長，也有一些歐克斯小學的老師。現場只有他一個小孩，顯得挺怪的，而且，他是唯一一個背著書包、沒有穿正式服裝的人。但是，如果要在星期一早上從家裡帶外套和領帶出門，媽媽一定會問他幾百萬個問題，可是他完全不想回答。為什麼他要來參加學校工友的喪禮？這太難解釋了。不過

他還是來了，因為他覺得虧欠金先生。

這是他參加過的第二場喪禮。他外公過世的時候，他才四歲。他只記得媽媽一直吸鼻子，還緊緊捏著班傑明的手，捏得他好痛。

讚美詩唱完，每個人都坐下來了。前面有個女士穿著紫色的長袍，她旁邊是一個直立式畫架，架子上放著大大的、裱了框的金先生照片。那位女士舉起雙手手掌，閉上眼睛，垂下頭。

「現在，讓我們向前進入我們的生命中。我們有信心，我們的朋友羅傑現在安安穩穩的；我們有信心，上帝的愛，比悲傷更有力量，比死亡本身更為強大。阿門。」

大家紛紛低聲說：「阿門。」管風琴又響了起來，每個人都坐著，這時牧師領著一小群人，從中央走道走向教堂後面。

班傑明看得很清楚，那個穿著黑色洋裝的小個子女士，一定就

是金先生的太太。扶著她手臂的是個矮矮壯壯的男人，那肯定是他兒子，因為他和金先生一樣，有著一頭亂髮和濃密的眉毛。

班傑明走出教堂，跟著大家穿過聯合街，走進教堂的禮堂。那裡擺了幾張長桌，上面擺滿各種食物，有乳酪和蘇打餅、巧克力餅乾和布朗尼、蛋糕、派、水果盤，還有八到十鍋熱騰騰的菜。

班傑明突然餓了起來，幾乎要衝過去拿盤子和叉子了。就在這時候，他才發現大家在排隊，而且他也在隊伍裡。原來，要先跟喪家打個招呼，說幾句話，才能去拿食物吃東西。

幸好他排在隊伍的前端。大概三分鐘後，他就握著金太太的手，說：「很遺憾你失去了他，我是班傑明．普拉特，我讀歐克斯小學。我……我認識你先生。」

那位女士的身高並沒有比班傑明高多少，她的眼睛是藍色的，

眼神很銳利，和她先生一樣。她握住班傑明的手，靠過去說：「很高興你來了，」然後悄悄的說：「羅傑有跟我提到你，就在他死之前。你可不可以在下週找一天，放學之後來我家一趟？」

他點點頭，笑了一下，然後趕快挪到右邊去，因為排在他後面那個女人正撲過來，要抱抱這位寡婦。

答禮行列的下一個就是金先生的兒子。班傑明伸出手，抬頭看著他的臉。他們父子倆長得真是驚人得像。他兒子握手握得很快，像個生意人。

「謝謝你來。」

禮堂裡立刻充滿了人，班傑明必須慢慢前進才能拿到食物。他看了一下右邊，看到李曼在人群裡移動，他高出別人一個頭。他從一列來賓的隊伍中走到旁邊去，選了靠牆的位置，就站在那裡四處張望。

班傑明很想低頭蹲下來，從出口溜走，但是他克制自己別那麼做。畢竟，他屬於這裡，而李曼不是。為什麼要讓那個人把自己弄得很害怕？班傑明花了好一番工夫，他緊閉嘴巴，轉身背對李曼，不到一分鐘，就輪到他拿食物了。

班傑明拿了一個盤子，裝了大塊大塊的乳酪和小小的三明治。他這才發現，剛剛金太太對他講的悄悄話，自己竟然不覺得意外，甚至是怪得有理。說真的，過去五天以來，各式各樣古怪的事似乎已經正常了起來，幾乎像是可以預測一樣。

就拿李曼來說吧，他現在站在角落，拿著一個保麗龍免洗杯在喝咖啡。沒錯，他站在那裡是很怪，他那沒有笑意的深色眼睛慢慢的掃視這個地方。但是，如果他**沒有**在那裡，那才奇怪呢！班傑明

咬了一大口巧克力蛋糕，笑了笑。也許應該走過去，再替那傢伙拍一張照。

不行。他已經答應吉兒要跟老虎保持安全距離。

真希望吉兒也能來……這樣就有人可以講講話。他們一起上第五節的社會課，有兩次，他都好想邀請她：「嘿，要不要跟我去參加喪禮啊？」但是那樣問真的超怪的。所以，他又把話吞回去了，兩次都這樣。

反正吉兒要去樂團練習，而且從她今天那種酸到不行的態度看來，若是邀她參加喪禮，可能會把她逼到爆發的臨界點吧。

不過，班傑明還是希望她能來。如果他們倆再多花一點時間在一起，也許吉兒會稍微敞開心房，告訴班傑明她到底在**煩**什麼。因為一定有什麼事讓她心煩。

有一盤水果特別甜，所以班傑明又折回去拿一些。他前面那個男人一手握著助行器，另一手拿食物，小心的只揀出草莓和藍莓。他一看到班傑明，就把手上的大湯匙交給他。「換你了，年輕人，這些水果看起來很漂亮喔？」

班傑明微笑，接過湯匙。「對啊，超鮮美的。」

很明顯的，這個人沒辦法同時拄著助行器又拿著盤子，所以班傑明問：「我幫你拿好嗎？」

「那就謝謝啦。我要去坐最近的椅子。」他移到右邊去，班傑明拿了自己要的水果。

他跟著那個人走到一個很小的圓桌邊，等著老人家把自己挪進一張椅子裡，接著班傑明也坐下來，把水果盤推到他面前。

那人立刻拿起叉子吃了起來，還咂咂嘴。

「嗯……嗯……五月的成熟果子！還沒吃到這麼好吃的水果就死掉，實在是太糟了。」

班傑明迅速往四周看看，很震驚會聽到有人講出這種話。他看到班傑明的表情，挑著眉說：「噢，我太大聲了是嗎？」

班傑明點點頭。

那人開口笑了。「最近我就是這樣，光是過去這三天，我得罪的人就不知道有多少了。我去的上一場喪禮，那裡大家可開心了，我還以為是個婚禮場子，就想跟那個寡婦跳舞，結果他們把我丟了出來。」

班傑明不知道是該笑一笑，還是該更吃驚。於是他咬了一口甜瓜，看看其他地方。這時候卻看到金太太往他們這桌走過來。她一隻手搭在那老男人的肩上，彎下腰來親親他的臉頰。

「我好高興看到你來，湯姆。」

「我不會不來的，瑪姬。真的很遺憾。」

金太太對班傑明笑笑。「我本來要給你們介紹一下，但是看來小傢伙已經自己找到你了。」

那男人指著班傑明。「他嗎？他是我剛剛才找來幫忙拿水果的啦！」那男人擠眉弄眼的說：「我剛剛還在跟他說，我等一下可能會去找你跳舞，看看是不是能讓這裡的氣氛炒熱一點。」

班傑明下巴都快掉下來了，金太太卻笑了起來。

她看著班傑明，說：「別相信這個人說的每一句話，知道嗎？他呀，是全麻州最大的騙子，而且這麼說還便宜了他呢！」

她對她的朋友搖搖指頭，又親了一下他的臉頰，然後就移到別桌去了。

那個男人又吃起水果來，班傑明問：「她好像人很好。」

「是外柔內剛呀。她和羅傑生了個女娃兒，死掉了，那次喪禮上她沒有笑，但是她撐過來了……好樣的，堅強得很。」

「那，你們認識很久囉？」

他用餐巾擦擦下巴的草莓汁。「對啊，五十年有了。羅傑從海軍退伍之後，是我給了他第一份工作。好人，他們兩個都是。」

「金先生以前是幫你工作的？」

「也不是這樣。我四十五歲申請了傷病退休，就找羅傑來頂我的位置。我以前是歐克斯小學的管理員。」

班傑明差點被葡萄噎住。他咳了幾聲，伸手拿水杯很快喝了三大口，才發現那根本不是他的杯子。

「你是那時候學校的工友？」

「當然啊，那是我做過最棒的工作。」

班傑明試著讓自己看起來像沒事一樣。這很困難。他回頭瞥見李曼還站在牆角，正在跟一個只有他一半身高的女人講話。

班傑明回頭看著眼前的老先生，說：「金先生過世的那天早上，他人在學校，我和他在一起。他有跟我提到你的名字。你是班登先生吧？」

「是啊，不過大家都叫我湯姆。」

班傑明伸手到口袋裡，然後把兩隻手交疊，蓋在桌面上，打開一條小縫，剛好只能讓面前那老先生看到他手掌下面是什麼。「那天早上，他給了我這個東西。」

湯姆兩眼發直了一秒鐘，然後深深吸一口氣。他的眼睛睜大，接著又縮窄看著班傑明的臉。「你？**你是**新的工友？」

班傑明笑了，搖搖頭。「不是啦，在我的左邊後面那個角落，你別看喔，站在那裡有個高個子，他才是學校的工友。可是金先生不信任他，所以把這個金幣給了我，還跟我說要阻止學校被拆掉。這就是我正在做的事。」

班傑明把硬幣放回口袋。

湯姆．班登的眼睛還是瞇得窄窄的，「那，現在事情進行得怎麼樣了？」

「我想，還算可以。我們才剛開始而已，正在找一些東西。」

他的眼睛又睜大了。「**我們**？還有誰？」

「只有我和我的一個朋友。我需要有人幫忙，而她很聰明。」

「嗯……」他停住，想了一下。「目前找到什麼？」

「一組線索。」

湯姆點點頭。「沒錯。我也發現過那個。『在上層甲板』，和一支大鑰匙。」

換成班傑明睜大眼睛，連呼吸都要停了。「其他的那些……保護裝置，你也有找到嗎？」

湯姆搖搖頭。「沒有，沒有理由要找。我好久沒去想那些線索了，但我確定以前有想過。那間學校呀，我可是瞭若指掌。」他的眼光好像電影畫面淡出了那樣，「那地方有很多歷史……很多很多歷史。」

他把叉子戳進一粒比高爾夫球還大的草莓裡，一口咬下一半。

班傑明說：「第一條線索，跟鐘有關。今天……」

湯姆不嚼了。「『五聲鐘響後，請你來入座』，對不對？」

「沒錯！」班傑明說。這個人的記憶力真好！「所以今天我們

去辦公室看了那個船鐘。你覺得是不是這樣：那個鐘的名字是『保護裝置號』，和我們要找的東西有關聯？因為，它們都叫『保護裝置』……這是守護者們寫下來的。」

湯姆吃掉那顆草莓另一半，嚼了又嚼，然後吞下去。「有一陣子，我**真的**認為是那樣。我記得我寫下了一堆想法……這是很久以前的事了。」他聳聳肩。「哎，我的記憶力不是很好了，不過，每樣東西都還在腦袋裡喔，就有點像短波收音機，有時候很清楚，有時候又收訊不良。但是，我會想想看，看能不能想到什麼事。現在我幾乎每天晚上都會想著自己走在那些走廊上，特別是睡不著的時候。我看著自己走上前門的花崗岩階梯，經過左邊的辦公室，直直走到南樓梯。上樓的第七階樓梯嘎吱嘎吱的，不過只有提水桶的時候會這樣，因為有多出來的重量。這你可能不知道吧？」

他的眼睛又出神了。

班傑明的手機在口袋裡震動，他沒跟媽媽說今天會晚回家。他讓手機一直震動著，只專注看著班登先生的臉，希望他能繼續講，也許會想起什麼有用的線索。

而班登先生比較感興趣的卻是水果。他用叉子把最後一顆藍莓逼到盤子角落，戳進去，送到嘴裡，再把叉子拔出來。

「你知道吧，」他很快看了一下班傑明的臉，「我想我的老釣魚箱可能還在學校的工友工作間裡，應該放在工作檯下面吧？我不確定……我一年前曾去找過我待的那個地方的儲藏櫃，但沒找到。以前要是星期六有工作的話，我都會把它帶去學校。我會坐在海邊矮牆上釣鯛魚，到快日落才走。如果天氣夠暖和的話，還會釣到很不錯的魚唷！」

他安靜下來，用叉子輕敲著盤子，臉上掛著一抹微笑。接著他又看著班傑明。「如果能拿回那個釣魚箱就好了，尤其是他們真的要拆掉學校的話。一個月前，我有想起來，本來要請羅傑幫我拿回來的。那通電話一直忘了打，然後他就死了。腦筋真是太不管用了。」他的頭朝李曼那個角落一甩，說：「當然，我還是可以去問那個傢伙啦，是不是？應該不難……」

「嗯，」班傑明很快的回答：「羅傑……喔，我是說金先生，他跟我說要離那個人遠一點。」其實，班傑明不想要讓李曼靠近湯姆．班登。搞不好老先生會想起什麼，然後不小心說溜嘴。

班登先生看來很失望。

班傑明說：「我的意思是……我可能可以幫你找到釣魚箱。是在工友的工作間吧？至少我可以去看看它是不是在工作檯下面。它

長什麼樣子？」

「嗯，我想想看……」他慢慢的說：「整個都是金屬的，淡綠色，除了生鏽的斑點之外。大小大概是一條麵包那麼大，但是很重喔，因為我放了很多鉛塊在裡面，要釣深海魚用的。以前我每隔幾週就會去釣鱈魚，和我叔叔詹姆斯一起去。其實就是他給了我那個釣魚箱，在我十五歲的時候……當然啦，我叔叔已經走了，好久以前就死了……不過，能拿回那個箱子還是很好啦，就是有它在我身邊……你知道我的意思吧？」

「是，我知道。」班傑明說：「我會盡量找找看。」

「謝謝。」接著湯姆的表情變得很靦腆，「可不可以再請你幫我一個忙？」

「當然可以。」班傑明說。

「這件事不要說出去好嗎？我不想讓大家覺得我是個怪老頭，這麼扭扭捏捏的想著小孩子時候的破爛寶貝。我這是太看得起自己了……」然後他開口笑了，「好像以為別人不知道我是個瘋子！」

班傑明維持嚴肅的表情。「我不會告訴別人的。我保證。」

「嗯……謝謝。」

班傑明往前一靠，越過桌子伸出一隻手，那人握了握他的手。

「真的很高興能認識你，班登先生。」

「我也很高興認識你。叫我湯姆就好了！」

「好。現在我得回家了，但是如果你想起任何線索，像是關於學校那棟建築，或是和歐克斯船長有關的任何事，都會有很大的幫助。如果能和你多談談就太棒了。希望我朋友也能認識你。」

他點點頭。「好啊！丟出夠多問題給我，搞不好就會有什麼東

西跑出來給你啦！我住在海灣安養院，就在高地街上，可以看到海喔！雖然不像學校的景觀那麼好，但是也不錯了。你可以隨時來找我，我都會在……除非是去參加喪禮兼吃好料。」

班傑明站起來，「好的。那就祝我好運吧。」

湯姆皺起眉頭。「不行。羅夫・華多・愛默生說過：『膚淺的人相信運氣，堅強的人相信因果。』我六年級的老師把這句話掛在牆上。」

「我會記得這句話。好吧，再見囉！」

「再會。」

班傑明轉身要走，湯姆說：「等一下。」

「什麼事？」

「你還沒告訴我你的名字呢，孩子。」

「喔，抱歉。我叫班傑明，班傑明・普拉特。」

「班傑明，很好。你知道……我剛想起來一件事。」

班傑明傾身向前。「什麼事？」

「我的草莓吃光了。再幫我拿一些吧？」

班傑明笑著拿起他的盤子。「沒問題。」

五分鐘後，班傑明向金太太和她兒子道別，走出門到聯合街上。他握著手機，盤算著該怎麼跟媽媽說。

「年輕人！」

禮堂裡有一個服務生從階梯上朝他走下來，她的白色圍裙在海風中飄呀飄。

她匆忙走來，交給班傑明一個白色紙袋。「這是金太太要我拿給你的。她說會剩很多水果和甜點，她知道你想多吃一些。」

班傑明微笑著打開袋子看，最上面就是一大塊巧克力蛋糕。

「太棒了！請幫我謝謝她。」

「好的。再見了。」

他把紙袋塞進背包裡，又把手機按開。

他還真怕打這通電話。這樣他非得向媽媽解釋為什麼會晚回家……又不能跟她說到底去了哪裡……而且不能撒謊。因為，如果他說是去金先生的喪禮，媽媽會追問百萬個問題。現在爸爸不在，媽媽盯他盯得更緊了。

不過……媽媽有見過金先生。因為兩年前的夏天，金先生曾經幫班傑明父子把他們家的帆船外殼刮過一遍。班傑明可以跟媽媽說，他聽說金先生的喪禮是今天，覺得需要去一下，表達敬意。這也是事實嘛！

而且，如果媽媽覺得這很怪，那又怎樣？班傑明知道自己是真的有一點點怪，不過，怪得還挺好的。媽媽需要開始習慣這一點吧，趁早習慣比較好。

沒錯。就跟她說這樣的實話吧，接下來怎樣就見招拆招囉。

班傑明按下通話鍵，希望一切順利。

6 多重任務

「我不是在請求你，班傑明，我是在『要求』你。如果你會晚回家，一定要打電話給我。每一次都要打，沒有例外、不准有藉口、不能討價還價。聽到了嗎？」

班傑明點點頭。

媽媽往班傑明的盤子上砸了一團馬鈴薯泥。「我要聽到你說：『是的，媽媽，我知道了。』」

「是的，媽媽，我知道了。」

「好。請把豌豆拿給我。」

嘖嘖，媽媽上一次這麼生氣是什麼時候啊？班傑明已經想不起來了，這次連他們家的狗都被嚇到了。尼爾森在桌子下面縮成一團，班傑明希望自己也能縮起來和狗窩在一起。這種時候，一隻科基犬比媽媽來得好相處多了。

喪禮之後，班傑明就打了電話跟媽媽說他去哪裡。在電話裡聽起來，媽媽並沒有那麼生氣，這讓他鬆了一口氣。等他大約四點半回到家，媽媽看起來也沒有生氣，甚至好像有點高興，因為班傑明做了一件周到又體貼的事。但那是一小時之前的事。

所以，在那之後一定發生了什麼事，一定有事情讓她難過。不過他問也是白問，什麼事都有可能。最近這陣子，好像發生一點小事就會這樣。

班傑明突然生起氣來，因為爸爸沒有一起吃晚餐，沒有在那時

候說：「嘿，親愛的，放輕鬆，他只是個孩子，小孩子不都是這樣搞不清楚狀況。這沒什麼啦。」以前他每次都這樣說，每次像剛剛那種時候都會這麼說。

接著他想到爸爸孤單的坐在他們那艘帆船裡的小小桌子邊。班傑明的氣消了。

班傑明不是很餓，剛剛在喪禮後已經吃得滿飽的。不過他還是切下一片肉，放進嘴裡說：「嗯……牛排好好吃！」

「嘴巴裡有食物不要講話。不過，謝謝你。我用了你喜歡的調味料。」

班傑明很快吃完他的晚餐。看來現在不是聊天的好時機，他媽媽應該也感覺到了。媽媽也沒說什麼，只很快問了一下羅伯的復原情況，說一兩件辦公室的事。他媽媽是在房地產公司上班。

就因為她說到了公司的事，班傑明決定冒險問個問題。「媽，你說愛居港的住宅房價在下跌，但是公寓和辦公室卻在上漲？這樣不合理吧。」

媽媽笑了。「如果考慮到那個新建的主題樂園，那就合理了。大家都不喜歡住在觀光景點附近，卻喜歡景點附近有商店、旅館和餐廳。過去六個月以來情況很混亂，不過他們只要一開始蓋，我的銷售業績就會一路**衝高**了！」

班傑明嚥了一下口水。「所以……你覺得蓋主題樂園**很棒**嗎？」

「這個嘛，」她說：「我不會說我很期待它來，我也知道那會改變我們這整個地方。但是它已經要蓋了，我又**是**做房地產的，所以如果沒有趁這機會賺一筆，那不是很傻嗎？再說，過幾年你就要上大學了，上學的錢要從哪裡來？時機就是這麼剛好嘛！」

班傑明不敢相信，自己的媽媽竟然樂意接受一堆塑膠船、霓虹燈，還有成群遊客的大停車場。

班傑明默默的清理桌面。

說到錢，媽媽馬上就有了精神。清理完廚房之後，她已經不生氣了。她說：「哎，你猜猜我今天在店裡買到了什麼特價品？是埃洛．弗林（Errol Flynn）主演的《海鷹》（*The Sea Hawk*）喔，已經發行DVD了！」

「不會吧！《海鷹》？太棒了！」班傑明不是裝出來的，那是一部很棒的冒險電影，是他最喜歡的影片之一。他腦海裡馬上閃過一幕畫面：英雄般的主角從一艘載滿奴隸的西班牙帆船上逃出來。太精彩了！

媽媽也很開心。「那要不要等你做完功課之後，我們一起看？」

「當然要！」但接下來他呻吟一聲，「問題是，我有一大堆功課，還要弄那個社會科的加分報告。」

「噢，就是你和吉兒一起做的報告嗎？」

他點點頭。「對啊。很多研究要做呢。」

「什麼樣的研究？」她問。

班傑明不太確定媽媽是不是真的想知道，或只是隨口問問，好藉此掩蓋不能一起看電影的失望。

「那個喔，」他說：「就是到圖書館去找書、讀書、上網查資料、實地研究學校那棟房子，就是這類的事。」

「那棟房子？你是說要研究那棟建築長什麼樣子嗎？」

「差不多吧。不過我們也要試著找出蓋那棟房子的歷史。因為學校本來是一個超大的貨倉，後來他們把它改建成學校。有一個木匠負責了大部分工作，他叫做約翰．范寧，他的工具還在那裡喔，就在學校裡。他畫的圖也是。那些東西我都很喜歡。」

「你說他叫什麼名字？那個木匠？」

「約翰．范寧。」

「嗯……」她說：「我好像在哪裡聽過這個名字。」

「真的嗎？」班傑明說：「我也這麼覺得，但還沒找出關聯。」

「嗯，也許我會想起來。電影沒關係，我也有工作要做。」

「不然……我們星期五來看好了？」班傑明說。

媽媽又開心起來。「好啊，電影之夜。爆米花、葡萄汽水，再配點巧克力，要整包的喔！」她很快抱了班傑明一下，親親他的額頭，「去做功課吧。」

班傑明把書包甩到肩上，走向他的房間。他想起湯姆．班登說

過，南樓梯的第七階會發出嘎吱聲。他笑了。班傑明也喜歡數樓梯，從他開始學數字的時候就在數了。

到他的房間，要從前樓梯爬十個階梯上到二樓，然後左轉，走廊走八步，再左轉過一個門。之後再爬四個階梯上去，向右轉個彎，再爬六個階梯到頂樓地板，接著馬上右轉，推開門，就到了。那是間小小的閣樓房間，小到連他在時光飛逝號上的艙房都算寬敞了。這裡每樣東西都很小，床、在兩支外露橫梁間的一扇窗戶、一個松木抽屜櫃，還有他的書桌。就連門都很小，而且還不是完整的一扇門。門把上方的那個角落被切掉一角，這樣才不會磨擦到斜斜的天花板。

他把背包丟在床上，拿出手機。吉兒的號碼已經設定成快速撥號鍵，所以兩秒鐘之後就聽到她說：「喂？」

「嘿，」班傑明說：「你還好嗎？」

「還好啊。」

她的聲音聽起來有點消沉，所以班傑明只好繼續說：「你知道嗎，晚餐時我媽說，她其實**很高興**要蓋那個主題樂園，她說那會讓她的房屋銷售業績很好。你能想像嗎？」

「可以啊，」吉兒說：「我爸也是這樣，對那個計畫簡直是迫不及待了。」

班傑明想了一秒鐘。「但是你媽媽不是從一開始就反對這個案子嗎？那怎麼辦？」

「能怎麼辦？」吉兒換了話題。「喂，樂團練習結束後我有去找你。你後來沒去圖書館讀書喔？」

「怎麼了？」

「你不是說放學之後會去嗎？午餐的時候說的。」

「噢，對喔，」班傑明說：「那個，我只是隨便說說的啦，我們那時候不是認為李曼有可能在竊聽？我本來就是要去金先生的喪禮，放學後，三點開始。」

「你本來就要去？為什麼沒找我一起去？」

「你說你要去管弦樂團練習啊，而且……我是說，如果你能來就好了。那裡只有我一個小孩。其實社會課的時候，我差點就要問你了。有兩次。」

「但你沒問啊。」她冷冷的說，然後又換了柔和點的語氣，「可是不怪你啦，今天我不是『小太陽小姐』，對吧？」

「嗯……的確不是。」班傑明小心的回答。

班傑明想問問她到底怎麼了，但吉兒馬上就接話：「那麼，那裡怎麼樣？」

「喪禮嗎？喔，其實追思禮拜我幾乎都錯過了，但是會後宴席的時候我認識了湯姆．班登，他是金先生前一任的工友。我拿那個金幣給他看的時候，他的表情……真希望你也有看到！他以為**我**是新任的工友呢！李曼也在那裡，我跟湯姆說，金先生說不要相信李曼。我也跟他說到你，我說因為我需要幫忙，所以跟你講了那個祕密。你知道嗎？他五十年前就解開硬幣上的謎題了，也確實找到那塊銅牌和大鑰匙，然後又把它們放回去！這太棒了，對不對？」

「他沒有去找其他東西嗎？」吉兒問。

「我也是這樣問他的。他說沒有，因為沒有理由去找。不過他說以前他想過那些線索，而且也許還曾想過一些不錯的點子……不過現在他不太記得了，因為那是很久以前的事。但他說他會繼續想

想看。我跟他說，我想要他見見你。」

班傑明聽到二樓傳來媽媽的腳步聲，聽到她打開走廊的門，進入閣樓。「小班？」她從樓梯那邊喊。「我聽到你在講電話，現在該掛斷、做功課了！」

班傑明把手機壓在胸口。「好，再一分鐘就好！我在跟吉兒講電話……討論報告的事。」

「就一分鐘喔，班傑明。」

「好——」然後他對著手機說：「對不起，是我媽。我有一大堆功課要做。」

吉兒說：「對啊，我也是。」

她聽起來好像又疏遠了。也許真的應該邀她下午一起去，但是現在也不能怎麼樣了，就往下繼續吧。

「那麼，」班傑明說：「如果你晚一點有空的話，可不可以上網看一下有沒有約翰．范寧的資料？我們要多了解這個人一些。還有，第一條線索，我們要繼續想。」

「好，」她嘆了一口氣說：「但我還是得跟你說，這根本沒什麼指望。」

「不會的，」班傑明說：「如果這件事這麼沒指望，那為什麼李曼會到處跟蹤我們？」

「不知道。也許他只是個勢利小人！」

班傑明差一點要回嘴了……但是，吵架沒有幫助。

「哎，不管怎樣，」他說：「我要去忙了。不過如果你想到什麼點子，發簡訊給我，好嗎？」

「好。掰掰。」

「掰。」

班傑明坐下來，盯著電話。吉兒的情緒也傳染給他了。吉兒是對的嗎？沒指望嗎？他感覺要負責這件事，實在很辛苦。

功課。他真的有很多要寫。不過比起如何保衛學校，研究作家傑克．倫敦就像在度假。

他和羅伯．傑瑞特被指定在同一組完成這個作家研究的作業。和以前一樣，羅伯只想得到好成績，所以，他全權負責，而且立刻就自願包辦大部分的事，包括閱讀資料、撰寫報告，還有口頭報告。他只給班傑明兩個簡單的工作：畫一張傑克．倫敦的生平地圖，加上一個他作品出版的年表。

班傑明看著從網路下載列印出來的資料。傑克．倫敦，真是個了不起的人。他的目光停在一篇文章，上面說傑克．倫敦曾經是個

「牡蠣海盜」。

什麼？

班傑明打開筆電，打開 Google 網頁，輸入「倫敦　和　牡蠣海盜」，立刻就得到答案。在黑夜的掩護下，年輕的傑克·倫敦和一群小賊曾經突襲舊金山海岸邊的帶殼海產養殖場，偷出養在海岸泥灘裡的高貴牡蠣。

這事發生在他買了自己的小帆船後大約一年的時間，之後又過一年，他在一艘獵捕海豹的船上工作，一路航向日本。

這讓班傑明又想到船，想到船上的生活，還想到學校辦公室裡的那個船鐘，想到那條線索：**五聲鐘響後……**

班傑明把網頁點回 Google，輸入「船鐘」，再點入幾個網頁，直到找到一張表格，上面的鐘響規律就像辦公室牆上掛的一

樣。不過特別的是，網路上這張表還顯示了一天之中，是哪些時間要敲鐘敲五下——兩點半、六點半和十點半，上午和下午都是這樣……因為不分日夜，都要有不同的水手輪班守衛。所以……如果鐘響了五下，而你不知道要輪哪一班，那你也沒辦法知道敲這五下到底是代表幾點。因為，每個二十四小時之內，會有六次敲鐘五下……

真是摸不著頭緒。

班傑明抽出一張空白的資料小卡，畫了六個小時鐘，每個都畫上時針和分針，並在時鐘下寫了時間。

做完之後，他覺得自己好像了解五聲鐘響是什麼意思了，至少明白它會在一天的什麼時候敲響。

這算是個進展呀，對不對？

但是，愈是看著這六個小時鐘圖案，他就愈是會想到第一條線索……船長……約翰．范寧……李曼……過世的可憐金先生，還有……他覺得自己的頭好像要爆炸了。

於是他把筆電關掉，將資料小卡放進口袋，回到作者研究的資料上。

要做**真正的**功課了。

他知道，如果沒有在明天的語言藝術課之前畫出傑克．倫敦的作品年表和生平地圖，羅伯會宰了他。不管上週六他是不是曾救了羅伯的命。

作者研究這個功課花的時間比他預期得多。然後是十八道數學習題，接著還得讀自然課本新的一章前十頁，以防隨堂抽考。

全部做完之後，時間已經很晚了，他開始打呵欠。而且他又餓

了。不過功課做完的感覺不賴。

他正要下樓去廚房吃點心時，想起金太太給的那個白色紙袋。就放在床上的背包裡。

他拿出紙袋，小心抽出那一大塊巧克力蛋糕。蛋糕有點壓到，他小心撕開塑膠包裝紙，上面沾了一點糖霜。蛋糕吃起來還是很棒，比在宴席上吃的還棒，可能是因為他現在比較餓吧！

紙袋下半部重重的，應該是水果，太好了！水果很多汁，而吃了厚厚的糖霜讓他覺得口渴了。紙袋裡甚至還有一支塑膠叉子呢！

他從紙袋裡拿出一個大杯子，掀開杯蓋，一看之下，嘴巴張得好大。

杯子裡面有三、四十把鑰匙，各種形狀、各種尺寸。有些鑰匙是古銅材質，有些是銀；有些看起來像新的，有些已經磨平了。所有鑰匙都掛在一個很大的環上，還接著一個腰帶扣環。

班傑明把這串鑰匙從杯子裡提起來，下面是一張紙條，用藍色墨水寫在餐巾紙上。

班傑明，羅傑要我把這些交給你。他說，你會用得上這些鑰匙，之後再交給某個人；或者，你可以把這些留著收好，當作是學校曾經存在的紀念品。

謝謝你對我先生的關心。

瑪格麗特．金　敬上

鑰匙圈很沉，班傑明的腦袋好像在旋轉。學校裡的鎖那麼多，到處都是，而他現在要開哪個，就可以開哪個！

不過，有幾支鑰匙貼了標籤。他想像自己匆匆忙忙、一支接一支鑰匙試著打開一扇門。這過程一定很花時間、又很吵……而且還不合法。

他坐下來要打開筆電，又停了下來，兩手還捧著那一大串鑰匙。他本來準備向吉兒說這件事，多麼興奮、多麼正面，而且可能很有用……但也可能很危險。再說，要是讓李曼知道是誰拿到這些鑰匙怎麼辦？那可能會一下就搞砸了。如果現在就讓吉兒知道，會不會反而讓她陷入麻煩？不過，班傑明知道吉兒會想知道，不管怎樣……假如沒有現在立刻告訴她，說不定她會更生氣。

他打了個呵欠，實在是累到沒辦法做決定，也沒辦法思考了。鑰匙的事等明天再說吧。明天再告訴吉兒。明天。

班傑明把鑰匙丟進書桌抽屜裡，打開筆電。吉兒寫來一封電子

郵件，很短。

網路上沒有范寧的資料，得去公立圖書館查。——吉兒

班傑明鬆了一口氣。他不能再處理新的訊息了。今天晚上不行。收工吧。

他準備要上床睡覺，但先下樓去廚房趕快喝一杯牛奶，然後進起居室親一親媽媽說晚安，再走到沙發另一端，給尼爾森好好的搔搔頭。他走上二樓的浴室刷牙，再上樓到自己房間。他把書包推到地上，往床上一倒，累壞了。

班傑明幾乎立刻睡著。就在進入夢鄉之前的最後幾秒鐘，他睜開眼睛，按下鬧鐘的「開」按鈕。

一按下去，大大的紅色數字直直跳入他的眼簾。

晚上十點三十分——五聲鐘響。

班傑明閉上眼睛，想像自己是傑克．倫敦，躺在那艘船的吊床上，朝日本航行。他值班守衛的時間已經結束，在海浪的波濤聲、船身嘎吱聲之中，傳來那艘船的鐘響。

噹噹……噹噹……噹！

7 大好時機

星期二早晨上學之前，是班傑明最得意的時刻，因為他把金先生留下鑰匙的事，告訴了吉兒。

吉兒的眼睛睜得又圓又大。「他保管的所有鑰匙？**不會吧！**」說著說著，他們都認為這些鑰匙可能一點用也沒有。不過只要想到各種可能性，就足以讓他們沾沾自喜，這似乎讓吉兒的陰霾一掃而空，至少是暫時的。但對班傑明來說，已經是很大的勝利了。

不過，星期二這天接下來的時間呢？簡直是又糟又悲慘。

首先，一件件功課就像雪崩般一直壓過來——小考、抽考、報

告、新的閱讀作業，每堂課都有這些額外或新的事情要應付，連美術課也不例外。好像所有老師同一時間都驚覺到：再過幾週，六年級就要畢業了，所以他們決定趁還有機會時出一大堆功課。

不過最糟的，就是李曼。

一整天，班傑明和吉兒走到哪裡，他就出現在哪裡。看起來這點很確定：李曼把他的工作內容調整到和他們課堂時間一致。不管他們在哪裡，李曼都會在那裡假裝忙些事，其實是盯著他們，並且總是在最後一秒瞄他們一眼。太明顯了，他就是在監視他們！

導師時間時，李曼分別去過他們兩個人的教室，一下子去班傑明班上的美術教室檢查水槽，接著又去因曼老師班上換燈泡，那位置就在吉兒的頭上。

第一節課和第二節課之間，他在一樓南邊樓梯的走廊掃地，就

是吉兒和班傑明每天都會碰到面的地方。第三節他們一起上數學課，正在隨堂小考，李曼就進來幫削鉛筆機上油，假裝得好像削鉛筆機真的需要上油一樣。

尤其是在餐廳吃午餐的時候，李曼根本就是瞪著他們看。他們吃完後又跑去圖書館，李曼也跟著進去調整東邊凹室的通風口，離他們坐的地方只有三公尺。

星期三也差不多是這樣，整個早上直到中午，李曼到處跟著，就像他已經完全記住他們兩個的功課表。這讓他們煩得要命，本來想再好好搜索學校的計畫都被毀了。

不過這倒是有個好處。吉兒不再表現出無聊的樣子，這讓班傑明還滿高興的，畢竟，沒有什麼事比遭受攻擊更能讓夥伴並肩作戰了。所以，在第五節社會課上課前和下課後，他們擬出一些計畫：

該是雙方開火的時候了。

放學後，他們拿著書包和外套，就在李曼的面前從後遊戲場的新大樓門口出去。出去後，他們彼此揮手，各自回家，吉兒朝東邊的海邊步道走，班傑明朝西邊的學校街去。

五分鐘後，他們各自繞回學校，溜進學校舊大樓北邊側門，拿出通行證給照顧學生搭公車的導護老師看，然後他們兩個在圖書館碰面，躲進北邊凹室，因為這地方最不容易從入口被看到。

成功了。他們藏得好好的，完全讓李曼找不到。

五分鐘後，班傑明從預約書架上拿了《海洋之子，劃時代的學校》，就是星期一早上差點害他惹上麻煩的那本書。他們把書攤開在桌上，翻出中央摺頁，又研究起這棟學校建築的繪圖稿。

吉兒指著右上方的角落。「看，這邊畫的是外面操場上那張花

崗石長椅。你覺得那個船長會不會把什麼東西藏在外面？因為這塊土地都是屬於學校的範圍，對不對？」

班傑明還來不及回答，就聽到一個聲音，他往左邊一看。是李曼，在六公尺外的圖書館工作間，他在倒垃圾。他透過玻璃，慢慢的看向他們，嘴角浮現了一抹微笑。他知道他們在騙他，而且現在他也讓**他們**知道，那是沒有用的。壞人得了一分。

「這太恐怖了，」吉兒顫抖著，小小聲說：「我覺得他好像在跟蹤我們。」

「沒錯，他**就是**，」班傑明說：「而且他就是要讓我們知道。」

李曼倒完垃圾之後，慢慢推著有滾輪的垃圾推車出了門口，進入走廊。雖然李曼走了，但他們知道他還會再回來。

「他這樣跟蹤我們，你知道他是想要說什麼嗎？」班傑明說：

「他是在說：**我**才是學校的守護者，我，李曼。」

「沒錯。」吉兒點點頭。「而且，以目前來說，他成功了。他贏了，算他狠。」

班傑明也覺得灰心，但是他不能讓吉兒知道。如果吉兒知道班傑明怕了，她可能會更想脫身閃人。班傑明甚至不願意去想，那樣的結果會是如何。他們必須不再怕李曼才行。

「吉兒，聽我說。我知道那個傢伙很恐怖，但是他沒有贏，一點都沒有。我們不能讓他盤據在我們腦袋裡。他只是要嚇我們而已。我的意思是，我們知道他手上沒有任何一條線索，可是我們有，所以他根本是在瞎矇。他沒辦法真的控制我們去做什麼，或者會發現什麼。而且……你知道他為什麼要監視我們嗎？因為他也**只能**這樣做。我們可以利用這一點。我知道，那種到處被他跟蹤的感覺**很糟**，但那只是心理戰而已。我們一定要記得，這裡實際上是由我們作主，我們可以打敗他。他以為我們是怕得要死的小孩，那又怎樣？我們不是，我們能打敗這個傢伙。」

「可是，不只是李曼，」吉兒說：「他只是我們每天會遇到的其中一個問題，真正的問題更大，可能有好幾千個人或一整個軍隊那麼多人想把這個地方拆掉。我們要對抗的是那一**大群**人！」

「這倒是啦……，」班傑明慢慢的說：「但是，說真的，那支軍隊有多少人這並不重要，我們要做的就是站在最前線對抗敵人。我爸小時候有一本書，裡面有個故事叫〈橋上的賀雷修斯〉，是在講一個古羅馬時代的士兵遭遇到一支想攻占羅馬的強大軍隊。賀雷修斯這邊的羅馬軍隊被圍困在敵方的台伯河岸，他們必須通過一座窄窄的橋，才能撤退回羅馬。士兵們非常恐慌，搶著要過橋，有些

敵方士兵也混在裡面要過橋。但是，賀雷修斯一到橋邊，不但沒有趕快跑過去，反而拔出劍，轉身殺敵。看到他這樣做，另外兩個士兵也跟進了。這三個人讓自己的夥伴過橋，但如果看到敵人，就把他們殺掉。因為這座橋很窄，敵人軍隊再大也沒關係，反正一次只能有兩、三個人在橋上打鬥。賀雷修斯和夥伴看到敵人接近就出擊，等所有同伴都安全過橋，那些人開始在賀雷修斯後面把橋弄斷，另外那兩個夥伴跳過裂縫，但是賀雷修斯還待在那裡不停戰鬥直到橋整個斷掉，羅馬城也安全了。這是真實的故事。」

「真的嗎？」吉兒說：「那，賀雷修斯被殺了？」

「沒有，他被一支長矛射中，在最後一秒鐘，他轉身跳入河裡。他穿著盔甲、帶著武器一路游到對岸。他活下來了，但傷得很重，不能繼續待在軍隊裡。不過他成為英雄，羅馬市民送給他一片土地，還鑄了一尊銅像來紀念他。」

吉兒沉默了一會兒。

「現在，就是你和我了，」吉兒說：「在橋上。」

「沒錯，」班傑明說：「我們不必一次對抗整個軍隊。如果打得聰明，而且不慌亂，那就會沒事。所以……李曼不在這裡，我們還有一點時間。要不要來看你在星期一、二帶來的記錄？」

吉兒點點頭，抽出一本三孔資料夾，她把資料都收在裡面了。

他們都不說話，看著第一頁。那是從銅牌上抄下來的文字；在這一頁最下面，吉兒也已經將那把鑰匙的形狀描了下來。班傑明讀完文字後，點點頭，吉兒翻了下一頁。

第二頁最上面一行，寫的是那些保護裝置之中的第一條線索，下面分成兩欄：左欄是有可能的鐘是哪些，右欄是能夠坐下來的地

方可能有哪些。

下一頁有三張照片，都是星期二晚上班傑明寄電子郵件給吉兒之後，她列印出來的。上面有「皇家保護裝置號」的鐘、描述海戰的那塊解說牌，以及說明船鐘鐘響節奏的牌子。這一頁最下面，吉兒貼著一張班傑明做的資料小卡，上面畫的時鐘，顯示五聲鐘響在一天之中的哪些時間會敲響。

就這樣了。只有三頁。沒有結論，也沒有任何發現。

「好啦，賀雷修斯，」吉兒說：「你得承認事情看來滿糟的。」她往後一躺，倒在長椅的軟墊上。「我們什麼都沒有，什麼都**不知道**，東西可能藏在這棟房子裡**成千上百個**地方。沒希望了！」

班傑明不知道該說什麼。他一直盯著筆記本的第三頁，可以感覺到吉兒又灰心了。而且更慘的是，他也這麼覺得。班傑明小心的抬頭往上看，以為會看到吉兒失望的表情。

但他看到的是好奇。

吉兒看著凹室牆上的一個點，就在班傑明頭上六十公分左右的地方。

「那個懷錶還真**大**，從來沒看過。」

班傑明轉身去看吉兒到底在看什麼。吉兒說的沒錯。班傑明跪在長椅上靠近看。

那東西是銀製品，不過不是懷錶。它很大，直徑超過十二公分。它被放在一個箱子裡，箱子是用壓花玻璃和深色木頭製成，整個箱子以四個金屬螺栓固定在牆上。在這個計時器下面，有一面小小的銅牌嵌在這箱子的木頭裡。

此座經度儀原為雷諾．哈凱斯船長所有，
從巴克禮海灣其船艦裡取出，
做為海戰勝利的戰利品。

班傑明坐下來。「那只是個經度儀。」

「好……」吉兒說。兩秒鐘之後她又說：「我投降。經度儀是什麼？」

「是很精密的儀器，可以在船上測出經度，也就是東西向的方位。如果你知道你是從哪裡啟航，也知道航行了多久，那你就可以算出你的經度位置。但實際上的情形比這還要複雜一些。」

「噢，是啦……那當然了，」吉兒假裝很尊敬的樣子，「我都忘了你是浪花巫師、超級水手呢！」

班傑明不理她的嘲諷。

接著吉兒往前靠，瞇起眼睛。「你有沒有注意到那東西有點古怪？」她好像很興奮，不過班傑明以為她在開玩笑，又準備來嘲笑他。他才不會上鉤呢。

「沒有。」

「指針指著下面，六點三十分！」她拍拍班傑明畫在資料小卡上的時鐘圖案，「五聲鐘響！」

班傑明趕快轉身跪著看。

指針指向六點半，連第二根指針也是向下。班傑明靠近一點，就看到這座鐘的下方邊緣刻著一行細細的字：

給我忠實的朋友，雷諾．哈凱斯船長，皇家保護裝置號。

保護裝置號上的時鐘指著五聲鐘響的時間，兩支指針都直接朝下，指向……一張長椅！

班傑明覺得好像被閃電打到一樣。他轉頭，盯著桌子對面吉兒的眼睛，震驚了一秒鐘。

吉兒笑開了。「請你來入座！」

「快，」班傑明說：「把你的外套披在椅背上……不，把它吊著靠近地板……好。」他一邊說、一邊動手。「這張椅子放到它旁邊，還有，把你的背包給我好嗎？這個放在這裡的地板上……這樣應該可以把我擋住，免得被別人看到。搞不好李曼會回來。」

班傑明把背包丟在地上，很快的四處看看，然後往前滑，溜進桌子下。他伸手去拿自己的背包，拉開外層拉鍊，找到手電筒。

時鐘下面的長椅大約九十公分寬，班傑明背貼著地板，又挪又擠的把自己塞進去，直到可以往上看到長椅底下。

他打開手電筒，在木條之間移動手電筒的光線。沒發現什麼特別的東西，只有三片變成深色的橡木板，兩片寬、一片窄，從左到右排開。

他調整光線成一束聚焦的強光。

「外面怎麼樣？」他小聲問。

「沒人。」吉兒也小聲回答。「有沒有看到什麼？」

「有很多口香糖。」

「噁！」

真的很噁。班傑明的鼻尖很靠近這些東西，至少有二十團，有粉紅色、綠色、灰色、白色，大部分都在前緣。但他試著不要去看，集中注意力在木頭上。如果真有什麼的話，他一定要找到。

從長椅靠牆壁的那一部分開始，他慢慢、有順序的來來回回移動光線。差不多花了一分多鐘，他檢查到靠前緣的這一部分。他一直非常仔細的找……終於有了回報。

就在長椅外框和支腳連接的地方，他看到最前面那片木條上有許多小點點。他伸手撥開一些蜘蛛絲。那個會是什麼嗎？不是。但他把手電筒的光線偏斜一點，讓光線從不同角度照射木條。他看到了……一個熟悉的圖案。

五個小點點深深刻在堅硬的橡木上，可能是用錐子尖端刻的。五聲鐘響！

班傑明很興奮，他搜尋這片木條另一邊的支腳附近，除掉蜘蛛網，然後……又發現點點了，同樣的圖案，五聲鐘響。就在這些點點下面，看起來好像有人在長椅外框上鑽了一個小洞。

班傑明把光線集中在另一邊，沒發現什麼。不過他還是伸手用袖子擦掉木框上的灰塵和蛛網。有了，又找到一個洞，同樣大小，同樣在那些點點下方！不可能是巧合吧……

「吉兒！我需要細細圓圓、金屬製的東西，你有嗎？」

「像什麼呢？」她問。

「我不知道……有小釘子之類的嗎？」

「我**想**，裝小釘子的包包今天應該是留在家裡了。」

又在諷刺了。不過班傑明看到她彎下腰來，並聽到她在背包裡翻找的聲音。

「呃……原子筆的筆尖可以嗎？」

「太粗了。」他小聲回答：「有沒有迴紋針？」

「嗯……有，我有兩個，一大一小。」

「太好了！丟過來這裡，謝謝。」

班傑明把手電筒含咬在嘴裡，很快的把兩個迴紋針拉出直直硬硬的一小截。

他兩手各拿一個迴紋針，插入洞裡，用力壓。

沒動靜。他更用力壓，這次感覺到一點點反應了，接著……

「喀」一聲，木條的前緣落在他的手指頭上。

「哇！」他差點把迴紋針弄不見。

「噓，」吉兒要他小聲點，「怎麼了？」

「手夾到了，被這片木板……嘿，等一下！裡面有東西！」

班傑明從長椅下面鑽出來，丟開兩支迴紋針，把前緣這片木條還沒掉下來的部分也拉掉。

吉兒踢踢他的腳。「李曼來了！在門口，走向櫃檯了！」

「快，」班傑明說：「把你的筆記本給我！」

她把筆記本塞到桌子下，班傑明拿了起來。

「快點！」吉兒說：「他又要去研究間了！」

又一聲清脆的「喀噠」聲，一秒鐘後，班傑明就坐在吉兒對面的長椅上，手上拿著一枝鉛筆，眼睛盯著面前的紙張，看起來好像很無聊的樣子。

班傑明用眼角餘光看著研究間。李曼果然在裡面，透著玻璃朝向他們一手拿抹布、一手拿噴霧罐。窗戶乾淨得要命，但他還是噴上一點清潔劑，擦了一下，又噴一點，又擦一下，這樣做了大概兩分鐘，剛好足以釋放出他的訊息。班傑明轉頭瞪著他。

吉兒又踢他了。「不要瞪他，班傑明……**現在**就停下來！」

班傑明不太甘願。他想盯著他的眼睛，像老一輩互盯著對方那

樣的盯著這隻老虎，看誰先眨眼。

但他知道吉兒的做法比較聰明，於是把眼光移回桌子上。

過了大概有永遠那麼久，吉兒終於說：「他走了。」接著她屏著氣問：「你剛剛真的有發現什麼嗎？」

班傑明小聲說：「當然有！」

8 滴答、滴答

「讓我看看你找到什麼！」吉兒低聲說：「我要看！」

「別吵啦！」班傑明小聲說：「你坐到我這裡來。」他就坐在經度儀下面的長椅上。

吉兒挪過桌子，擠進他的手臂旁邊。「好了，打開呀！」

班傑明好喘。他的兩隻手在吉兒的筆記本上壓平，試著深吸一口氣，好好的、慢慢的，但是他做不到。他覺得有點要昏倒了，而他的心裡一直在喊著：**我們找到第一個保護裝置了！我們找到了！**

班傑明想要慢慢來，但是吉兒一直在擠他。

「快點啦！」

他打開筆記本的封面，翻過幾頁印了線條的紙，然後就是它了——一份文件，一張不知道是小牛皮紙還是羊皮紙，長寬大概二十公分，紙張有點泛黃，但是上面的文字是很清楚的黑色。紙張下面右邊角落，附著一個像是小貼紙或可以封口之類的東西。

「一封信？」吉兒問。「就這樣？」

「看就是了，」班傑明說：「這一定很重要吧？」

班傑明小心翼翼的拿著紙張邊緣，這樣他們兩人都能看清楚。

敬告眾人：

本人為船長鄧肯·歐克斯，麻塞諸塞州愛居港的居民。我在此宣布，持有此份本人遺囑之唯一但書者，於本文件公布給

適當的法定機構之時，此文件的持有者，即成為依艾塞克斯郡財產註冊局登記的鄧肯·歐克斯船長學校之建築物及其周圍土地之全權、完整且永久的所有權人。此項所有權之轉移其效期延續至文件持有者及任何繼承人得以據此保持該建築及周圍土地用作公立學校，以使愛居港學童受益。假設該建築及周圍土地被挪作他用，則全部所有權應立即且不能撤銷的轉移予麻塞諸塞州政府。

在心智及生理健全之狀態下，本人親自簽署於一七八三年八月十五日。

鄧肯·歐克斯

見證人：約翰·范寧

吉兒小聲說：「這是船長……」

「噓！」班傑明舉起一根手指，「我還沒看完。」幾秒鐘之後他放下手指頭，小聲說：「**哇！**」

吉兒繼續說：「這是船長親筆寫的吧？」

班傑明點點頭。「應該是。一七八三年，還用鵝毛筆寫的，太神奇了！」他放下文件，伸手拿相機。「我要把它拍下來。」

「什麼？**現在**就拍？」吉兒說。

「當然啊，記錄嘛！考古學家、現場歷史學家、人類學家，每個人都這麼做。不管什麼時候，只要找到東西就拍張照，或至少畫個素描。我們之前在三樓發現那支大鑰匙和銅牌的時候，也**應該**拍照的。因為如果……」

「好啦、好啦，」吉兒說：「我來清出一些空間。」她拿起文件，正要放在長椅上時，一塊小小圓圓的封印，從紙張右下角剝落，飄到桌子下的地板上。

「嘿！」班傑明瞪了她一眼。「我來拿，你去撿那個小東西，要很小心喔……快點。李曼說不定會隨時回來。」

吉兒彎身下去，把東西撿給班傑明。桌上還攤著那本《海洋之子，劃時代的學校》，吉兒趕緊把中間那頁兩倍大的書頁折起來，闔上書，擺在一旁，也把自己的筆記本推到旁邊去。

「好了，」她說：「要確定閃光燈沒開喔。」

班傑明把文件擺在深色桌子上，把圓圓的封印放回本來的位置後，拍了張照片。

吉兒靠過去，瞇著眼睛仔細看那封印。接著她伸手把封印拿起來，好像在捏一隻稀有蝴蝶那樣。「這上面是不是有寫什麼啊？」

班傑明從她後面看過去。「看不出來……太小了。可以等一下用放大鏡再看一下。給我……」

他伸出手，吉兒把封印遞給他，班傑明把封印小心夾進他的社會科讀本裡。

接著他又埋進那份文件之中，說：「你知道『但書』是什麼意思嗎？」

「不知道……我去拿本字典好了！」

班傑明很高興看到吉兒這麼興奮，其實他自己也是。這就好像他們釣到一條魚，魚兒確定上鉤了，卻不知道這條魚有多大。

一分鐘後，吉兒大聲唸出解釋：「但書：遺囑的附錄。」

「這就表示……嗯……」班傑明又說了一次：「那就表示……」

吉兒開始飛快的說話，幾乎都說得糊成一團了。「這**表示**這張

紙可以把歐克斯船長**本來的**遺囑給抹掉一部分，就是要把學校捐給鎮上那個部分。而且如果你把這張紙拿給某個例如法官之類的人，你就自動成為這個學校新的擁有者，包括周圍的土地。至少，我**認為**這就是這張文件的意思……而且如果的確是這樣，那就難怪船長要那麼仔細的藏好這份文件！」

「哇！」班傑明說：「所以這東西可以改變**所有的事**囉？鎮公所、繼承人、葛林里，每個人都會被這張紙給踢出局！」

他停了一下。「可是，這不太可能吧，對不對？」

「我不知道。」吉兒說：「那是律師的問題。」

「那，我們要找個律師嗎？」

「嗯……」吉兒想了一下，「那我們必須找個真的信得過的律師。因為這上面說『此文件的**持有者**』，我覺得那就表示，不管是

誰，只要他的手上確實拿著這張紙，就是學校新的擁有者。而且，如果是哪個壞心眼的律師從我們手上拿走這張紙，直接拿去法院，那我們不就沒辦法了嗎？」

「可是，」班傑明說：「不管怎樣，新的擁有者還是必須讓這個地方一直是一所學校……是吧？」

「是啊，」吉兒說：「沒錯。不然的話，麻塞諸塞州就會立刻擁有一大片愛居港邊的土地了。」

「你們在幹嘛？」

他們倆嚇了一跳，同時往上看。

舒伯特小姐，就是那位圖書館助理，突然從他們看不到的地方出現。班傑明趕緊用手蓋住那張文件。

「噢……我懂了，」她邊說邊拿起《海洋之子，劃時代的學

校》那本書，「唉，舊書就是會這樣。」

班傑明和吉兒很快的交換了眼神。這位小姐在說什麼啊？

舒伯特小姐繼續說：「不知道有多少次，舊書裡都會有書頁掉下來。那種貼上去的插圖頁最嚴重了。不過我可以很快就把它修好，辛克萊老師不會知道的。」她對著那張文件點點頭說：「記得它本來是在哪一頁嗎？」

班傑明雖然結結巴巴，腦筋卻轉得飛快，「呃……我……我想它好像是在書的最後，在一個空白頁上，就只有它自己，就這樣掉出來了。」

「那很好處理啦！」她翻開那本書的厚厚封底，拿起那頁文件夾進去，闔上。「不過，下次要小心一點可以嗎？好啦，再五分鐘我就要下班了，所以你們兩個得動作快一點。」

班傑明和吉兒眼睜睜看著舒伯特小姐把書帶走……還有那份遺囑的但書。

班傑明小聲說：「這下糟了！」吉兒沉重的點點頭。

圖書館助理直接走進工作間，把那本書放在一張長桌上。出來的時候，她關了燈，轉了門把上的門鎖，然後關上門。

吉兒和班傑明太震驚了，兩人都默默的收拾著自己的東西。

直到走出學校大門，站在海邊，他們才說得出話來。

「如果她看了那張紙的內容，我們就慘了。」班傑明說。

「而且如果李曼又來偷拿那本書，我們會更慘。」吉兒補充。

「不過呢，」班傑明盡可能用最開心的語氣，接著說：「我們只要明天去把那張文件從書裡拿出來就好。她說她很快就會修好。所以……我去把它拿回來，那就沒事了。」但他心裡感覺到的，可

不像嘴上說的這麼輕鬆愉快！

「好，」吉兒說：「……除非她仔細去看，發現那不是一張印出來的照片。如果她發現了，我們只好把一張價值五千萬美金的文件正本送給舒伯特小姐了。」

這話說完，兩個人都閉上嘴。海灣遠處有一艘汽艇按了它的汽笛，低沉的回音穿過海面，漸漸被海風和波浪給吞沒了。

「你知道……」班傑明說：「也許那東西在那裡最安全，幾乎跟藏在長椅底下一樣安全。」他走到吉兒前面，對著她說：「你想想看，李曼已經在上週末借過那本書，又還回來，所以那本書他算是已經用完了。而羅伯也已經從書裡找到他要的東西；至於舒伯特小姐，她有一堆工作要做，所以她只會把它黏到一個空白頁，然後就把書插回索引書區。它就會安安全全留在那個架子上。」

班傑明從口袋裡拿出相機。「這個時候，我們可以印出一份**複本**，拿給某個律師看，問他這是什麼意思。如果這東西真的可以阻止葛林里的計畫，我們也知道要去哪裡拿到原來的正本。」班傑明繼續說，愈說愈快，還搖晃手裡的相機，好像那真的是一份文件一樣。「我是說，可能真的有用喔。就像你說的！這可以把葛林里嚇得屁滾尿流，搞不好**明天**就——『砰！』沒戲唱了，遊戲結束，計畫泡湯。真的會這樣喔！是吧？所以我們要跟律師談，要快！」

吉兒猶豫了。「這個嘛……我想是吧，大概。不過我們要怎麼知道可以相信哪個律師呢？」

班傑明說：「我想律師必須發誓保守祕密吧，保守客戶告訴他們的所有祕密。是不是有在哪裡聽過這種說法？」

「好像吧，」吉兒說：「不過我不確定我們是不是真的能跟律

師講到話，如果父母沒有跟我們去的話。你不要再大聲嚷嚷了，還有，手不要再揮啦，別人會以為你瘋了。」

班傑明說得小聲一點，不過還是很快。「我的意思就是，我們沒有時間可以浪費了，我們必須弄清楚到底『但書』是什麼，無論如何，現在就要。如果它沒用，那我們要馬上開始找出**第二個**保護裝置，要趕快才行。」

吉兒做了個鬼臉。「這也太悲觀了吧。」

「**悲觀**？怎麼會？你看看，」他說：「我們剛剛就**證明**了保護裝置是真的存在，**而且**，我們還真的找到了！這不是很棒嗎？所以，如果必須再找出其他的裝置，那我們就得去找。但最棒的是，我們**可能**連找都不用找呢！如果我們能夠找個律師談，那這起攻擊事件可能**明天**就中止了！**那樣**實在太**棒**啦！所以，我們就是得找個

律師談談，對吧？」

吉兒點點頭。「嗯，當然。」

班傑明幾分鐘前看到她那所有的興奮與熱情，現在完全消失了。班傑明凝視著吉兒，疑惑著她眼裡的神情。

突然，班傑明知道自己看到的是什麼了。

「你到底在怕什麼？」

吉兒的臉充滿情緒的扭曲著……但只有半秒鐘。

「你在說什麼鬼話啊，」她回嘴：「我才**不怕**和律師談呢！你去把相機拍下來的文件印出來，我去找可以和我們談的人。也許會是我們信得過的人。我們動作要快，這我完全同意，看看那份文件會不會來個大翻盤。我們還得確定舒伯特小姐真的有把那張但書放在那本書最後面，還要特別確定李曼沒有察覺到有不尋常的事情發生。不過我們一定得找律師談，不然，明天吧。一定要。」

「對。」班傑明說。

「好，」吉兒說：「那好。我們就回家開始上網找律師吧？如果有什麼消息我會跟你說。還有沒有什麼要我做的？」

「沒有，我想應該沒有了。」他說。

「好。那再見了。」

「再見。」班傑明說。

吉兒很快轉身，沿著海岸步道往南邊走。

班傑明看著她的背影。她走得好快，好像想趕快擺脫他一樣。

剛剛她說得真好。吉兒．艾克頓，這位能夠強力打擊的好手，堅強又擅於組織。她會害怕和律師見面嗎？不可能的，班傑明相信這一點。

吉兒也許以為自己完全騙過班傑明了，讓他以為自己根本沒在怕。什麼都不怕。

班傑明其實知道，因為從吉兒眼裡他看到了，只有一秒鐘，那是真正的害怕。怕什麼？不知道是哪件事，還藏著沒露出來。

班傑明想幫忙，可是吉兒不給他機會。這下子班傑明無計可施了，只能等她自己開口。

但是，什麼時候她才會開口？

班傑明知道吉兒有多頑固，而且自尊心很強。她可能會永遠就這樣下去，假裝什麼都沒問題。

可是班傑明沒資格談永遠。時間愈來愈緊迫了。

訊息

班傑明回到家的時候，好不容易才把吉兒的事丟在腦後，至少暫時如此。他回到「守護者」的搜索模式，想要仔細看一看那個從但書上掉下來的小小封印。

媽媽還沒回到家，所以他快步走上閣樓自己的房間，從書包挖出他的社會科讀本，翻著書頁找出那枚封印。

他把那東西放在書桌上，打開亮亮的檯燈。

墨水，很重的墨水。那東西上面到處都是汙漬、斑點、墨水印。不過班傑明很確定，上面一定也有字。他從書桌抽屜拿出一支

小小的放大鏡來看。沒錯，確實是字，不過放大鏡不夠看。最新科技上場吧！

他拿出相機，拍了一張近照，然後上傳到筆電裡，接著放到螢幕上來看。

還是很小，還是只看到一些墨水漬。

於是他放大螢幕上的圖片，百分之兩百、百分之三百、百分之四百，終於可以讀出文字了。

他把所看到的全寫在一張資料小卡上：

艾貝　放

東西

後壁

書架
窗戶

「東西」和「窗戶」這兩個詞的意思很清楚……但是「後壁」是什麼啊？

他再把影像放大一些，並且用電腦把影像銳利化，電腦照著辨……然後，就是這個，訊息收到！

他抓起手機，按了吉兒號碼的直撥鍵。

「嗨。」

「嘿，你知道嗎？從但書上面掉下來的根本不是封印！是一個很小很小的字條，上面寫著：『艾貝放東西後壁書架窗戶』。『艾貝』一定就是艾碧蓋兒．貝尼斯，銅牌上有她名字的那個女生。她

想在守護者行動裡參一腳，所以把某個東西藏在圖書館裡面，然後把訊息留在那張但書上！很酷吧？」

「後壁？」吉兒說：「那是什麼意思？」

「『頭前』指的是『前面』，這點我很確定，所以『後壁』就是『後面』囉！天哪，她實在不太會寫字，而且，看來她用的紙好像是從廢紙裡撿出來的。不過，她的訊息還是傳出來了。現在我們有一樣新東西要找啦！」

「太棒了！」吉兒說，聲音裡帶著諷刺的意味。「這正是我們需要的！」

如果他們在同一個房間裡，聽到她這種口氣，班傑明可能會往她手臂上捶一拳。還好吉兒在八百公尺以外。不過，班傑明還是忍不住發脾氣。

「好，很好，我**非常非常**抱歉用無聊的歷史來打擾你。等我找到更重要的事，值得耽誤你寶貴的時間，再跟你說。謝謝再見。」

他掛斷電話。

不到幾秒鐘，手機響了。是她。

班傑明讓鈴聲響了四聲，接起來之後，假裝是語音信箱的聲音。「我是班傑明，請留言。」接著還裝出很逼真的「嗶——」。

吉兒開始講話，留了言。

「班傑明，對不起……艾碧蓋兒寫的東西真的很酷。你在說的時候，我真的可以想像到她自己一個人在那裡試著留下訊息。還有其他的。」吉兒停頓了一下，班傑明聽到了她的呼吸聲，「唉，反正，對不起啦，真的。我只是……現在……實在……唉，算了，希望你有聽到這個留言。我們再聊……掰。」

班傑明讓通話自己掛斷。她的留言結束了。

好多好多訊息，在一張圓圓的廢紙上，在一張整齊的羊皮紙上，在一塊銅牌上，在他口袋裡那一枚金幣上，甚至一把大鑰匙上也有。

然後呢，最新進來的是一秒前的這條訊息，從吉兒嘴裡發出，通過她的手機，穿過太空，傳到一個衛星上再反射，然後在班傑明的耳朵上造成震動，也撼動他的心。如果他誠實面對自己的話。

他沒有生吉兒的氣。

他只是希望以前的那個吉兒回來。那很重要，基於許多理由。

而且，說真的，如果不是她剛剛那種諷刺的口氣，班傑明也許還會承認她說的有點道理。難道他們現在需要誰來讓他們再玩一次尋寶的遊戲嗎？不會吧！這個最新發現兩百年前的訊息，必須排在最後面。

班傑明關上筆電，在抽屜裡翻找，找出一張透明塑膠封套，那是一張籃球卡的保護套。他把封套撐開，把那個小小的訊息塞進去，小心翼翼的保存起來，這可是個考古遺物呢。

艾碧蓋兒的事就留到之後再說吧。

先到的事情，先解決。

10 山毛櫸

班傑明眨了眨眼睛，不確定自己在哪裡。他聞到一股化學怪味。然後才發覺自己一邊的臉平貼著他的社會科讀本，他聞到的是墨水和光滑紙張的味道。他又眨眨眼睛，注意到床旁邊的電子鬧鐘，是九點二十三分。今晚的功課，他安排最後一項是閱讀讀本的兩章，實在是個錯誤。

他讓臉頰離開書頁，伸了個懶腰，往後靠在椅子上，讓眼睛漸漸聚焦。他看到房間斜斜天花板上開的那扇天窗，窗外是一片夜空。月亮很亮，還不到滿月，有些雲從東邊往西邊移動，是往岸上

吹的輕快海風。

他站上椅子，打開天窗幾吋，又伸長身體，讓鼻子靠近窗縫。他深呼吸，吸入一陣夜晚清涼的空氣。海洋大約在東邊八百公尺外，不過如果風向對的話，附近整個街區聞起來就跟在海邊一樣。

他又吸進另一口空氣，這時候手機響了。他伸手進口袋，差點失去平衡。還好有及時抓住椅背，他從椅子上下來，然後往床上一躺，打開手機，看著螢幕……是吉兒。

也許她在找律師方面有著落了。

「嘿。」他說。

沒人回答。班傑明從床上坐起來，很快又看了一下螢幕。訊號沒問題啊！

「吉兒？是你嗎？喂？」

「現在不能講話啦。」她小小聲說。

「怎麼了？」班傑明聽到窸窸窣窣的聲音。他將耳朵豎直，希望聽得更清楚一點……但沒辦法。「你還好嗎？」

她小小聲說：「我在學校南面草坪那棵大山毛櫸這裡。把你的瑞士刀帶來，還要ＯＫ繃喔。」

電話掛了。

班傑明立刻跳起來，心臟噗噗噗的跳，整個人立刻清醒了。他從背包裡抓出手電筒，在抽屜找到瑞士刀，塞進口袋裡。他衝下閣樓的樓梯，聽到二樓浴室裡傳來水流進浴缸的聲音。

「媽？」他往浴室裡面叫。

水停了。「寶貝，什麼事？」

「我要帶尼爾森去附近走走。」

班傑明想像得到她皺起眉頭。

「現在不是很晚了嗎？」

「還沒十點啊，」他說，然後馬上加了幾句，「而且帶著狗沒人會找麻煩的。我需要動一下，今天整天都坐著！不會有事啦。」

「好吧，」她說：「要小心喔。」

「我一直都這樣啊。」他說著，三步併做兩步直衝下樓。急救用品都放在廚房旁邊的洗手間，在牆上的壁櫥裡。他抓了一把ＯＫ繃，最大的那一種。

他解開拴在前門旁桌子邊的狗鍊，口哨一吹。「尼爾森，來，出門了！」

科基犬的小短腿輕快的飛奔過木頭地板，班傑明為牠綁上狗鍊時，牠汪汪叫又團團轉的。

「馬上就回來。」班傑明往樓梯上喊。浴室裡的水又開始流了。

班傑明沿著胡桃街往東跑，尼爾森在他旁邊，爪子在人行道上敲呀敲。雲遮住了月亮，所以他打開手電筒，確保能在兩盞路燈之間踏穩腳步。

他一邊跑，一邊壓抑著對吉兒的擔心，不過實在是很難。這麼晚了，她跑去學校草坪上幹嘛？為什麼要叫他帶瑞士刀呢？還要OK繃？這一定表示她受傷了……可是，是怎麼弄傷的？還有，為什麼在電話裡不能說？

他穿過學校街，在校地上的大門有一塊牌子寫著「禁止狗進入」。管他的。走到綠地的路有路燈照著，大約每三十公尺一盞，但是他不想被看到，所以熄掉了手電筒，往右邊斜切過去。他改成慢慢走，試著調整呼吸，試著不要驚恐，還得避免撞到樹，或是園

子裡的石椅。

他明確知道吉兒說的是哪一棵樹。那棵大山毛櫸的年紀超過一百五十年了，在一片橡樹和楓樹之間顯得鶴立雞群，就矗立在學校的正南方。山毛櫸光滑的灰色樹皮，總是讓班傑明想起他和爸爸去瀑布河市旅遊時，曾經登上一艘第二次世界大戰的戰艦。大山毛櫸的樹幹周圍走一圈幾乎有六公尺，巨大的枝幹從靠近地面之處就開展，這一點使它非常適合攀爬。只要是膽子夠大，一路往上爬就可以看到絕佳的海岸線和大海美景。

抬頭往上看，在雲層對比之下，班傑明可以看到微弱的樹冠輪廓。他把尼爾森的鍊子收短，慢慢往前挪動。一碰到樹幹，他開始往左邊繞著樹幹。

「吉兒？」他小聲叫。

繞到半路，他又叫了一聲。「吉……」

他踩到某個東西，差點絆倒，接著又踩到另一樣東西，跌了一大跤，還弄出很大的聲音。尼爾森叫了一聲。

「**噓**！不要動，」吉兒小聲說：「我要下來了。」

班傑明揉揉膝蓋，過了一會兒，聽到吉兒從一個枝幹跳到地面，在樹的另一邊。「你還好嗎？」她小聲說。

「還好，我沒事啦。你……你怎麼樣？」

「我沒事啊。」

「我帶ＯＫ繃來了。」

「好。不過，你先幫我把這東西丟到海裡吧。」

「這是什麼東西？」

「地樁，」她說：「剛剛絆倒你的。」

「什麼？」

「**噓**！」

班傑明搜出他的手電筒，先半掩鏡面，然後才打開光束。在微光下，他看到旁邊有一堆地樁，尖尖的那端還覆著潮溼的泥土。

過去這一週以來，班傑明和吉兒看著一群來到學校測地丈量的人仔細劃出新主題樂園的用地範圍。他們劃出哪裡是大門、哪裡是停車場、哪裡是新建築的噴泉、哪裡要開挖成雲霄飛車，只要擋住這些地方的樹幹，全都被噴上大大的紅色叉叉。學校空地上突出了十幾根綁了緞帶的地樁，都是由戴著安全帽的男男女女用鎚子敲進土裡。

「你**瘋**了嗎？」班傑明低聲喊：「這樣做你會**被關**的！」

「沒被抓到就不會啊！你幫不幫？」

「幫什麼？」

「把這些丟到水裡。」

「那會汙染呀！」

「那你有更好的辦法嗎？而且，它們只是木頭，很快就會沉下去，或者被沖到哪裡的海灘。快點啦！」

她彎下腰，把那些一點二公尺長的木樁一根根撿進懷裡。班傑明覺得應該幫忙。他拿起一根木樁，釘入土裡，然後把尼爾森的鍊子繞在木樁上。

「你待在這裡喔。」科基犬攤平身體，打了個呵欠。

班傑明和吉兒各自撿了十到十二根木樁走向海邊。最後四、五公尺是最危險的路段，因為樹木比較稀疏，而且港邊步道也被路燈照亮。不過，這樣他們比較能看清楚四面八方。一確定四周都沒動

靜，他們就衝到港邊，把木樁丟進巴克禮海灣，然後跑回黑暗中。

這樣來回搬了三趟，搬到第三趟時，尼爾森也跟他們一起走，這樣才能把所有木樁丟到海裡。海風往岸上吹，造成微微的波浪，把大部分的木樁沖聚在港邊推來擠去，發出悶沉的碰撞聲。班傑明知道，大約再過一小時，潮汐轉向，這些木樁都會被推往外海。

回到大樹那裡，吉兒說：「現在我需要OK繃了。不過先拿瑞士刀來，手電筒給我吧？」

她用左手遮住大部分的光，只將一小部分光線對準右手掌。

班傑明倒抽一口氣。她的手掌紅腫脫皮，原因很明顯：吉兒是徒手把那些木樁一根根拔起來。

「有沒有看到小木屑刺進去？」她說。

「有，看到了。」班傑明覺得有點不舒服，但是他不要讓吉兒知道。他從紅色的瑞士刀把手裡抽出鑷子。「會痛喔……」

班傑明緊緊抓住吉兒的手，開始挑出第一根小木屑。戳到的時候，他感覺到吉兒整個緊繃起來。「抱歉。」

她深呼吸一口氣，忍住。班傑明穩穩夾住木屑，拔出來，是一根大約一公分、參差不齊的橡木屑。她手上那個傷口立刻流血，班傑明記得這樣是好的，流血可以幫助清潔傷口。不過，看到血讓他覺得更不舒服了。

吉兒吐出一口氣。「好，」她說：「看到那個沒有？靠近小指頭的那個？」

「有，看到了。」

第二根和第三根比較小，所以戳比較多次。吉兒縮著身子，不過一聲都沒喊，這讓班傑明十分佩服，不過他並不驚訝。這個女孩

會做什麼事，他都不會再大驚小怪了。

「就這些了嗎？」班傑明問。

「我想是吧……謝啦。有ＯＫ繃嗎？」

「當然。」

班傑明動作輕柔的將三條ＯＫ繃排在一起，把她的手掌整個貼滿。她的手和班傑明的比起來好小啊！

弄完之後，她把手電筒還他，問：「你怎麼出來的？」

「就說要遛狗。不過我媽大概馬上就會打電話來。你咧？」

「偷溜出來啊。我媽和我爸……在樓下。一想到可以把這些木樁都拔光，我就等不及要出來。我一定要……所以就做了。」

班傑明知道，這不是事情的全部。不可能只是這樣。不過，細節待會兒再問。

「吉兒，」他說：「我送你回家，好嗎？」

「不行，你最好跟尼爾森一起回去。我沒事的。謝謝你這麼快就來了。希望你不會惹上麻煩。真的，謝謝。」

「需要就隨時叫我。」班傑明說。他是說真的。

「好。」吉兒說，聽起來她也是認真的。

「那就明天見了。」他說。

「對，」她說：「明天。」

黑暗中，班傑明站在大樹旁邊看著吉兒的影子，直到她走上路燈照亮的步道。她轉頭微笑，用貼著ＯＫ繃的手揮一揮，然後快步的走了。

班傑明小聲的說：「來吧，尼爾森。我們回家吧。」

11 正直的律師

星期四下午快四點時，班傑明和吉兒坐在一間接待室裡等著見律師。她是一位女士，名叫阿曼達．波吉斯。

自從大家發覺葛林里集團意圖買下學校這塊地，波吉斯女士就以愛居港歷史協會的律師名義出席了幾場公聽會。吉兒的媽媽是協會會員，她將這些公聽會內容都做了記錄，所以吉兒才能找出這名律師的名字。

吉兒打電話說要訪問波吉斯女士的時候，解釋了她和搭檔正在做一個關於歐克斯小學歷史的社會科專題報告，她說他們想問她一

些問題，是關於船長的原始遺囑。這完全是真的。這也是他們跟媽媽說明為什麼放學後要晚回家的理由。

班傑明往後靠在一張寬寬的皮椅上，閉上眼睛，在腦海裡演練他們的計畫。計畫並不複雜，就是問一些關於船長遺囑的問題，然後再問葛林里集團是怎麼撇開這個遺囑的。剩下的計畫，就看這位律師怎麼回答前面那些問題再做決定。看看這個律師是不是個正直的人，而且是非常、非常正直的人。

今天在學校，吉兒看起來比較像平常的她，友善得多，也沒有那麼尖銳。對於昨晚在電話裡講到艾碧蓋兒時的態度，她當面跟班傑明道歉；對於班傑明去山毛櫸樹下跟她見面，吉兒也再次道謝。這讓今天感覺是個不錯的日子，不過李曼還是如影隨形跟著他們。又一天過去了，而他們在搜尋方面沒有任何進展。

班傑明還是沒有問吉兒，為什麼昨晚突然從家裡跑出來，去黑漆漆的樹林裡把那些木樁都拔掉。午休的時候他們注意到那些來測量的人員在學校那片空地上氣得跳腳。吉兒看著班傑明，向那些人的方向點點頭，一邊竊笑著，不過除此之外，也就沒有別的事了。之前連續好幾天，吉兒似乎在遲疑，也跟他保持距離，然後突然就「碰」的一下，做出這種瘋狂又激烈的事。現在來跟律師見面，感覺也差不多，吉兒一直堅持他們今天必須來，必須立刻跟這位律師討論。

班傑明深吸一口氣，再慢慢吐出，試著冷靜下來。但根本不管用，他還是覺得胃裡面好像有條繩子在揪著他，歐克斯船長拉著繩子的一頭，吉兒拉著另一頭。

接待人員的電話響了，過一會兒，櫃檯這位年輕男生說：「艾

克頓小姐，普拉特先生，波吉斯律師現在可以見你們。直接進門就可以了。」

班傑明走進辦公室，六扇大窗戶開向東邊和南邊，明亮的光線讓他睜不開眼。他們在一棟由舊繩索工廠改建而來的三樓，離吉兒家只隔一條街。這裡的地勢從海灣開始就漸漸升高，所以從這裡看出去，大海和海岸線似乎延伸到天邊。往南邊看，班傑明看到四、五艘小小的樂觀型帆船，在練習用的浮球之間航行或轉彎。他立刻就看到某張帆上有 USA 222 字號，那是羅伯的船。在這個天氣超完美的午後，羅伯在那裡操帆，為下次比賽做準備。這一幕真是壞了這一片大好美景啊！

「吉兒，班傑明，歡迎你們。」

波吉斯女士微笑著，從一張大桌子後面站起來。桌上堆了十或

十二個整齊的資料夾。班傑明估計，這位女士的身高應該和他媽媽差不多，大約一百五十五到一百五十八公分，只不過她年紀比較大，深咖啡色的頭髮裡間雜著灰白色。她長得還不錯，但不是很有魅力那一型。她穿一件白色襯衫，外套和褲子都是深藍色，就是上班族的樣子，只不過比較友善一點。她右手腕上戴的手環並不出色，不過看來很貴重，還有手指上的婚戒和手錶也是。她很快走上前，先跟吉兒握手，再跟班傑明握手。

班傑明注意到，那律師握了吉兒受傷的手，可是吉兒都沒有縮一下。今天她手掌上只貼了兩塊OK繃，而且是小塊的。

她帶著他們走向窗邊，有一張沙發和四張椅子圍繞在一張低矮的桌子邊。「我們坐這裡吧。」

坐定之後，她說：「你們在做一份歷史專題報告，是嗎？」

「是的，」吉兒說：「我們想要找出更多和歐克斯小學相關的歷史資料。」

班傑明點點頭。「尤其是它快要被拆掉了。」

波吉斯女士眉頭皺了一下。「這是一件大事，對吧？我這輩子幾乎都住在愛居港，我喜歡在那裡上學。想到它要被拆了……」她彈一下手指，「就要這樣被拆了。很難想像。」接著她閃現明亮的微笑。「唉，不管我們是不是準備好，未來就是會一直來。那麼，我能給你們什麼幫助呢？吉兒說，你們兩個對於歐克斯船長的遺囑有一些問題要問。」

他們還沒有演練到這部分要怎麼進行，不過波吉斯女士看著班傑明，於是班傑明點點頭。「是的。我看過歐克斯船長的遺囑影印本，裡面提到，他把這棟房子和土地捐出來建成學校，然後還說他

的墓地要設在學校遊戲場上。所以，我在想，這是不是不太尋常？我是想問，那個時代，別的人也會寫出類似這樣的遺囑嗎？」

波吉斯女士點點頭。「沒錯。那時候是那樣，現在也有。很多人會在遺囑裡面交代奇怪的安排，有時候新聞會播報這樣的事，例如有人留了一筆錢給一隻小狗，或者是某個人要求出席他的喪禮的人要穿著特定的服裝。很多要求都很奇怪。一直以來，都會有人把土地和錢留給學校，或是大學。所以，船長的這份遺囑還算滿常見的。」她停頓一下，接著說：「比較不一樣的是，歐克斯船長想要把他的願望一直持續到未來。他把愛居港的政府拉進來，他認為這樣做，計畫就萬無一失了。當時他一定是認為鎮上的官員和居民不會放棄這麼好的學校，尤其還是在這麼棒的位置，他以為政府不會把所有權讓給他的子孫。」

說到最後這幾句的時候，班傑明注意到她的聲音有點感傷。

吉兒一定也看出來了。

「你是不是很驚訝？」吉兒問：「鎮議會決定把校產還給船長的後代，然後還付錢給他們，讓他們放棄他們的權利？」

「驚訝？說真的，我並不驚訝。我做律師二十七年了，沒有什麼事會讓我驚訝了。」她停下來，想了一下，才說：「但是，我覺得很難過。」

「嗯，」吉兒謹慎的接著說：「我很想知道，歷史協會在試著要阻止那個計畫的時候，你幫忙他們，是不是有特別的原因？」

「是的，」她說，「不過，那時候已經太遲了。後來，反正我也必須抽身。你們兩位大概知道**那件事**吧！」她的聲音突然拔高，幾乎像是在諷刺了。

對於最後這句話，班傑明毫無準備。

吉兒也摸不著頭緒。她搖搖頭說：「嗯……我不知道你說的是……嗯……」

班傑明從來沒看過吉兒這麼慌張。

波吉斯先是看著吉兒的臉，然後又看班傑明，接著閃過她的招牌微笑。

「對不起……我以為你們知道。吉兒，你說你是在公聽會的記錄上看到我的名字，我們地方的報紙上也都有報導……不過，再說一次對不起，我太習慣和其他的律師及記者打交道了。」

她深吸一口氣。「當時我必須抽身，不能再代表歷史協會，因為我娘家的姓氏就是歐克斯。我是船長的後代之一。」

「噢……」班傑明說。

一秒鐘之後，吉兒也說了一次：「噢！」

因為，這就代表，她也是賣出土地權利的其中一人。這個女人，拿了愛居港鎮付的五十萬美元。

波吉斯女士來來回回看著他們兩人，說：「當初我反對葛林里集團的計畫，現在我還是反對。不過，鎮上要把錢給這些後代，交換條件是我們必須放棄這片房產的擁有權，我有一些親戚真的很需要錢。我不能怪他們。五十萬美元對許多人來說是很大一筆錢。其實對我也是，不過我長久以來事業都很順利，我先生也是。我不像我的一些親戚那樣需要那筆錢。所以我跟所有的後代一起……就這樣，否則就是讓我的家人恨我一輩子。」她看向窗外。「很醜惡的局面。」

她又停頓了一下，眼光越過班傑明，看向他後面的天空。「不

過，我是不是還希望有什麼辦法可以停止這項交易？我真的很想。我不是保存狂，我不是那種想把愛居港鎖在過去的人，但是，針對這個主題樂園將帶來的改變，我真的不認為政府的人有好好的做功課，要不然就是，他們這樣做只是因為可以賺進**很多**錢。不管是哪一種，都很不好；而且，不管哪一種，現在都太遲了。」

班傑明緊張起來。他看著吉兒，吉兒也看著他，一邊眉毛還挑了起來。這個人，是他們可以信任的人嗎？

班傑明轉過頭去看著波吉斯女士。「我還有另一個法律問題。如果一個小孩跟律師說了一件事，律師需不需要保密？」

波吉斯女士笑了起來，她似乎喜歡談不是那麼個人層面的事。「嗯，這要看情況。如果是國家指定要我保護一個少年被控犯罪的權益，那麼，是的，我們談論的每一件事都會保密。如果是父母請

我保護他們小孩的權益，情況也是一樣，必須全部保密。」

吉兒在她的背包裡翻找，班傑明以為她在找鉛筆。不過，她抽出一張美元鈔票，越過桌子交給波吉斯女士。那位律師的表情看來很困惑，不過她還是淺淺的笑了。

吉兒也微笑以對。「好，如果一個小孩走進你的辦公室，給你一張鈔票，然後說：『這個給你，我要雇用你詢問一些法律問題。』然後你就告訴了他，這樣的話，這個小孩跟你說的事情，**你**就必須保密嗎？」

律師的笑容消失了。她瞇起眼睛，看著吉兒，又看著班傑明，然後又看回吉兒。接著她說話了，語氣嚴肅而平緩：「你們來到底是為了什麼事？現在就告訴我。」

班傑明坐在椅子上往前傾，吉兒和律師面對面盯著對方的眼睛。吉兒一點也不退縮。她實在有夠嗆的。

「你**先**回答我的問題。」吉兒說。

波吉斯女士用同樣強悍的語氣，說：「好吧。我現在要像律師一樣講話了。所以，如果聽不懂，你們可以叫我停下來。我是麻塞諸塞州執業律師公會的成員，這表示我被這個州授與權力在法庭上審判民事和刑事案件。因此，我也被視為法庭的官員之一。我也是聯邦的法律公民，不管是以平民還是律師身分，如果我知悉任何犯罪情事，我受法律規定必須向有關當局報告，我會這麼做的。但如果是我的**客戶**，那麼，有個情況叫做『律師與客戶豁免』，這表示客戶所說的我都必須保密。這些就是保密的一**般**規定。目前為止聽得懂嗎？」

班傑明有個問題，但是他沒說話，只點點頭。吉兒也是。

「現在，」律師看著吉兒的眼睛說：「你對我指出了一個**特定**的情況，所以我要限定在這個情況來談。未成年人，也就是十八歲以下的人來到我的辦公室，付款給我要求我的法律建議，這樣一來，這個特定的情況就表示這個未成年人和這個律師就進入一個正式的協議，這叫做契約。在麻州，還有美國其他大多數的州，並不允許未成年人簽訂有**法律效力**的契約。因此，就**法律上**來說，最簡短的答案就是——**不行**。你不能請我當你的律師，因為你的年齡不足以簽訂一個有法律效力的契約。因為你不能簽契約、不能作我的客戶，所以『律師與客戶豁免』的保密原則就不適用。就**法律**層面來說是這樣。明白嗎？」

吉兒點點頭，試著保持面無表情的模樣。但是，班傑明看得出她的失望。

「**不過**，」律師舉起一隻手指，繼續說：「我還要說一件很重要的事。只要我沒知悉任何犯罪，那麼在**道德**層面，我會要求自己聽到任何事情都要永遠嚴格保密，因為這樣做是**對**的。而且，身為執業律師，行事**道德正確**和**法律正確**至少是同等重要。」

她把那張鈔票還給吉兒。「所以……記著我剛剛所說的犯罪情形，何不告訴我，你現在在想什麼？」

班傑明和吉兒又看一看對方。吉兒先點點頭，接著班傑明也點了點頭。

班傑明伸手進背包，抽出一張紙，放在桌面上挪過去給波吉斯女士。

她從口袋裡拿出一副閱讀用的眼鏡，把眼鏡架上鼻梁，拿起那張紙。

班傑明看著她的眼睛。她的雙眼從那張紙最上面，一行一行從左到右往下掃描，就像測謊機器的針頭那樣。讀到這張紙最下面，她的眼睛愈睜愈大，她又再看了一次，第二次，眼睛還是睜得大大的，嘴巴也是。

「你們是從哪裡拿到這個的？」她驚呼。接著又說：「不，等一下，不要回答我的問題。我不想知道這一點。比較安全一點的問法是：你們是想用這份文件來阻止歐克斯小學被拆掉嗎？」

班傑明和吉兒點點頭。

「嗯，那我要說的是壞消息。」她敲敲這張紙，「這份難得的歷史文件，叫做『但書』，就是遺囑之外**再加上去**的部分。但書要具備效力，必須在遺囑也施行的狀況之下才行。船長的遺囑，至少和校產有關的那一部分已經執行完成，沒有效力了。船長的後代收受了政府的款項，而放棄他們從遺囑被賦予的權利，政府也收了葛林里集團的一些款項。學校校產的完全及最終所有權，將會從愛居港鎮轉移給葛林里集團，就在六月學期的最後一天之後。離現在還有多久？」

「二十一天。」吉兒說。班傑明稍稍偷笑了一下。吉兒就是這樣，心裡總是有一張時間表。

「這表示，」律師繼續說：「再過三週，船長的遺囑，**還有**這張但書，都會完全失去意義。一點作用也沒有。」

最後這句話迴盪在空氣中，有五秒鐘之久。

班傑明接著說：「但是，如果這項交易還沒有完全完成，難道我們不能明天就把這張文件交給法官看嗎？那樣會不會有用？」

波吉斯女士點點頭。「可能有用。但是，如果你明天拿這張文

件去賽倫的艾塞克斯郡遺囑認證法庭，星期一一早，一群葛林里的律師就會湧上來，要求裁決、反訴、指控不法，應有盡有。他們會蜂擁而上，緊咬不放，不計任何手段。別忘了還有媒體，這會是非常大的報導，然後就會被搞爛。而解決這一切的法律程序，會拖很久很久。」

「但這些是不是仍然可以阻止他們拆掉學校？」吉兒問。

「可能會拖延到拆除的時間，至少可以拖一陣子。不過，這裡面還有很多變數，有很多手段可以攻擊這份文件，例如，文件的真偽、見證人和日期的問題，更別提這裡並沒有指名特定的人作為新的繼承人，只說是『持有者』，法律上來說，這挺麻煩的。」

律師停頓了一下，看著他們兩人。「還有，如果你們想用這份文件來打官司，我就不能加入了，這叫做利益迴避原則。我在葛林里集團的計畫中收受了好處，現在要我代表另一方陣營來反對它，這會造成……很複雜的情況。但如果你們決定還是要打官司，我可以推薦幾個很棒的人來幫忙。」

班傑明和吉兒又交換了一個眼神。

班傑明說：「我們要再考慮看看。」

波吉斯女士站起來。她把那份文件交給班傑明。「考慮一下，這是明智的。」

他們走到辦公室門口，波吉斯女士握了握吉兒的手。

「謝謝你花時間見我們，」吉兒說：「也謝謝你的建議。」

「這是我的榮幸。」波吉斯女士說：「和你們兩個見面，是最近這幾個月以來我覺得最好的事。祝你們兩位一切順利。」

她轉向班傑明。他們握手的時候，班傑明說：「我可以再問一

個問題嗎？」

「當然可以。」

「如果我們決定用這張文件，必須在什麼時候之前把它送到賽倫的法院？」

「這個問題容易多了，」她又回復到專業的口吻，「你們有**整整**二十一天的時間。」

12 玩真的

經過整晚的翻來覆去，班傑明星期五早上醒來時一身冷汗。如果那份但書正本從那本舊書裡掉出來怎麼辦？如果被李曼發現它就在參考書區的書架上，或在圖書館的研究間呢？或是羅伯又跑去借那本書，看到了那張但書，決定寫進他的超級報告？還有，舒伯特小姐也有可能看到，然後立刻拿去給校長……或給某個律師。

班傑明躺在床上，看著窗外的白雲，腦袋裡惡夢不斷。

不過，一想到李曼可能會發現那份文件，就讓班傑明嚇得從床上跳起來。他沖了澡、換好衣服、下樓，時間是七點十五分。

媽媽已經坐在廚房餐桌邊，她穿著浴袍和拖鞋，雙手捧著一杯茶，一份本地的報紙攤在她面前。

「天哪！」她看了一眼時鐘，「我一定是在作夢！」

班傑明笑了笑。「我要在第一節課之前去圖書館。」

「這麼早？」

他點點頭。「要做那個歷史報告嘛。我需要一本參考書，不能借出來。」

「嗯，」她說：「坐下來吃點早餐。」

「沒辦法。我要在開門的時候就到。」

他從桌上拿了一根香蕉，從櫃子裡拿了一支麥片點心棒，把這些東西塞進外套口袋。經過桌子邊，他靠過去讓媽媽親一下臉頰。

「祝你今天愉快，寶貝。」

「媽，我會的。你也是。」

他走進前廳，停下腳步來拍拍尼爾森。

「別忘了，我們今天晚上要看那部電影喔。」

「好，《海鷹》對吧？太期待了！」

他打開前門。

「如果會晚回家，要打電話給我，知道嗎？」

「好。」

他推開外側大門。

「小心中央街上的車子喔！」

「我一直都很小心啦！掰掰。」

他把前門關上，正要推回最外側大門時，媽媽大喊：「掰掰！」

嘖嘖！她以前就這麼嘮叨嗎？還是自從爸爸去船上住的最近這

幾個月變得更嚴重了？

很難說。班傑明剝開香蕉皮咬兩口，告訴自己這不重要。才在人行道上走十步，他已經開始想像在圖書館的情況。他設定好自己的目標，就是那本大書《海洋之子，劃時代的學校》。這本書的書名取得真好。他知道這本書會放在哪裡。

首先，他必須找出那份文件，它就貼在書的最後面……希望如此！他要把它從書裡拆下來，不能損傷到文件、也不能損害到書。接著把文件放到背包裡……要非常小心。他得一整天把這份文件顧得好好的。那麼第六節上體育課的時候，該放在哪裡呢？放學回家後，他得把文件藏在一個徹底安全的地方，例如房間的櫃子後面，這樣才不會被尼爾森聞到，咬出來嚼爛。

有很多事要做。不過現在擔心也沒用，先到學校再說。這也表示他還有六分鐘。然而，因為擔心害怕，他的腳步愈走愈快。他咬了最後一口香蕉，把香蕉皮塞回外套口袋，開始跑了起來。

班傑明把眼睛和腳都轉換成自動駕駛模式，試著不去想任何特定的事。

晚上要看電影了，是《海鷹》。記得第一次和家人一起看這部片的時候，他才七歲。影片裡很多動作，有大船，有大砲、擊劍等等戰爭大場面，水手們在著火甲板上方的繩索之間盪來盪去。

電影裡的英雄……梭普船長……嗯，這個角色是不是真有其人呢？還有……如果梭普船長**是**個真的船長，那歐克斯船長會不會遇過他，並見過**真正的**《海鷹號》？這要查一下年代才能確定，不過班傑明記得一個場景，那是梭普船長和英國女王伊利莎白一世見面那一幕。這樣的話，兩位船長要在同一個時代就不可能了。伊利莎

白一世當英國女王的年代，比美國獨立戰爭早了不知道多少年，甚至比鄧肯・歐克斯出生時還早。

阿曼達・歐克斯。

阿曼達・歐克斯・波吉斯，是那位律師的名字。

她說自己是歐克斯的後代，這實在太令人驚訝了。她還說鎮上給了她和她的親戚們一筆錢？班傑明沒辦法想像這位女士到底多有錢，有錢到她甚至可以不要那五十萬美元，而把它歸還給政府……如果換成是他，做得到嗎？如果某個人說：「這樣吧，班傑明，這裡有五十萬美元，只要你忘掉什麼學校守護者的事，你就可以拿走這筆錢。」那他會怎麼做呢？班傑明認為自己應該會說：「門兒都沒有！」這一點他還滿確定的……

昨天和律師見完面之後，兩人一起走回吉兒她家的公寓。一路

上，兩人都沒說話，都在想著律師的建議。

後來在吉兒家門口，她說：「如果我們使用那份遺囑的但書，那麼一切和守護者有關的事都要曝光了，對不對？所以……我想，我們應該把它留到最後關頭再使用。」

班傑明同意她說的。不過，對於到底什麼時候公開，他們有了爭執。吉兒最後接受了班傑明提出的時間點：要一直等到學校開門的最後一天，也就是六月十六日星期二才公布。他們還決定馬上開始去找其他線索。吉兒看來很興奮，班傑明也跟著開心。

他快步走過學校街，微笑著。對於剛才的爭論，其實他滿高興的，以前那個吉兒好像又活過來了！

不過……班傑明還是覺得吉兒有一點點不對勁，她似乎在煩惱什麼事，而且肯定是一件大事。星期三那天，她爆發了那種古怪的

情緒，還摸黑跑去學校把木樁都拔起來，實在有夠瘋狂。

是啊，她看來是好多了，不過仍然有麻煩在醞釀著。感覺就像一場暴風雨，在外海離岸三十公里遠的地方，還沒有造成損害，不過海水已在翻騰，可能下一秒就大難當頭了，一場嚴重的災難。

不過，不能再想吉兒的事了，現在不行。

班傑明從來沒有這麼早到學校。教職員停車場上只有六輛車，甚至連「校長專用」的車位也是空的；學校護士的車位也是。

最棒的是，沒看到李曼的卡車。通常它會停在工友工作間旁邊的卸貨區。星期一下午的喪禮過後，班傑明曾經仔細看了這輛車，那時它停在聯合街上。那是一輛福斯運貨大卡車，深灰色的。座位是紅色皮椅，儀表板四周是木頭紋路的裝飾。後輪是雙輪胎，就是每邊各有兩個輪胎，是一輛很棒的貨卡車，很貴的那種。這樣的

車，一個工友的薪水應該買不起吧。

李曼大概就是用這輛卡車拖著他的帆船到處跑吧。

班傑明趕緊走過卸貨區，繞到建築物正面。這麼早，大門還沒開，所以他按了辦公室的門鈴。透過玻璃，他對韓登太太揮揮手，並舉起他的黃色通行證。韓登太太也開心的朝他揮揮手，「叭吱」一聲按了開門鈕讓他進來。

走進圖書館時，辛克萊老師對他微笑。班傑明直接走到參考書區，那裡離門口櫃檯不遠，不過班傑明心裡已經有了計畫。他把書包放在最靠近參考書區的桌子上，然後脫下外套，蓋在書包上面。

他需要的那本書，就在離他九十公分左右的地方。

舒伯特小姐還沒進來，這樣才好，不然她可能會更注意班傑明的舉動。她可能會看到班傑明把書從書架上拿下來，就是那本她剛修好的書。

他把那本大書擺在桌上某個剛剛好的位置，如果辛克萊老師不經意看向他這邊，這本書會被橘色大背包和藍色防風外套擋住。

班傑明把書翻到背面，翻開封底。從最後一頁開始，他快速動作，先翻過索引，然後是附註，接著是一小段作者介紹，最後終於看到那一頁。兩天前那一頁還是完全空白。

舒伯特小姐貼得很漂亮，恰恰好把文件貼在大書頁的正中央，不過班傑明現在沒空欣賞她的傑作。

他往櫃檯那裡快速看了一眼。辛克萊老師正忙著在鍵盤上打字，眼睛盯著螢幕。

班傑明抽出他的小鐵尺，插進文件一角，然後輕輕往上撬。另外三個角落也都照做，就這樣，這份遺囑但書被掀了起來，四個角落都還留著一些膠帶，不過之後還有很多時間來處理這部分。

他闔上書，把那份文件面朝下，放在桌上。他迅速的從背包裡抽出筆記本，打開來翻到一個分隔袋，把那份文件輕輕裝進資料夾，然後闔上筆記本。

接著，他再一次看向櫃檯，把那本書放回書架，然後坐下。

搞定！整個過程只花了一分半鐘。

他往後一靠，做個深呼吸，試著讓自己的心跳平穩下來。三十秒之後，果然好多了。今天一定會很順，真是個好日子呢。現在可以稍微放鬆一下了。

不過……既然離第一節導師時間還有一點空檔，他應該再檢查一次他畫的傑克·倫敦的年表內容對不對。一想到這裡，他突然驚覺到：**我簡直就是羅伯上身了！**

他找出語言藝術這堂課的資料夾，抽出年表。他不可能變成羅伯；他只是想拿個好成績罷了，就像羅伯一樣……嗯。

他整理著一堆筆記和文章，很快就忘掉那些事。他花了好些時間才把東西收整齊，不過他知道這是必要的，因為羅伯一定會想檢查他的研究資料。

作者的作品中，最早的一本叫做《颱風來到日本海岸》，出版這本書時，傑克·倫敦才十七歲。書名很棒，內容大概也不錯。

他讀過了《荒野的呼喚》，非常喜歡。但在做了作品年表後，他才明白這位作者寫了許多與海有關的故事，他一則都沒讀過……

班傑明看看時鐘。現在才七點四十五分，還早得很。

他站起來，走到放小說的書架，找到姓氏開頭L的那一區，抽出一本《船與海的故事集》。他翻開目錄檢查。太好了！颱風那篇

故事就排在第一篇。

班傑明趕緊回到桌子邊，翻開第七頁，埋頭讀了起來。大約讀了六、七段之後，他有點失望。文字很老氣，情節也不太精采，不過敘述的部分倒是不錯，尤其是作者形容在惡劣天氣下乘著小船出海捕海豹這部分。於是他繼續讀下去。

後來颱風來襲，而且甲板下有一個船員快死了。現在班傑明被吸引住了，完全沉浸在故事裡，他的身體往前靠近那本書。

這次，不少海水捲過來，浪花不時打到甲板上，水漫四處，這艘船恐怕要被打沉了。鐘響六聲時，我們受命翻轉甲板，並且綁上加固繩索。我們就這樣一直忙到八聲鐘響，才由輪值大夜班的人接手。我是最後一個下船艙的，就在這個時

候，甲板上的輪值人員……

「嘿！我就猜你會在這裡。」

班傑明真不想離開書裡這場暴風雨，不過他還是回神過來。是吉兒，她在班傑明身旁坐下。「好看嗎？」

「好看。傑克·倫敦。就是我和羅伯一起做的那個報告。」他闔上書，把書推到一邊。如果讓吉兒看到他在讀海上冒險故事，吉兒可能會冒出幾句俏皮話，說他是什麼航海小子之類的。

吉兒四處看看，才小聲的說：「你弄到那份但書了嗎？」

班傑明點點頭。「還沒仔細看……我拿回來了。」他拍拍筆記本。「昨晚我很擔心，還是藏在我家比較保險，你覺得呢？」

「當然……那就好。」她說。

吉兒僵了一陣子沒動。她雙手放在桌上，看著手，然後掀起一點右手掌上的ＯＫ繃。「我……我想問你一些事，不要誤會喔，不過，你會不會覺得我們這樣做可能是錯的？因為那個主題樂園沒了，新的學校也沒了，而且……整個鎮都已經投票決定他們要什麼啦！所以我們做的事不就是把一切都倒過來，而且只靠我們自己。還有，波吉斯女士說到了媒體。我是覺得，如果我們決定要用那份但書，你能承受媒體的壓力嗎？大家吵來吵去、一堆人會討厭你……我不覺得……我是說，畢竟鎮上已經**投票決定**了，大部分的人說：『是啊，我們要把舊學校賣掉，換新學校。』我只是……只是希望你來跟我說，到底該怎麼想這件事。因為我真的不知道。」

班傑明凝視著她，咬緊牙關，幾乎快把門牙的牙套咬斷了。但他不是在生氣，而是不知道要說什麼。

「嗯……我想……我是說，我只是……只是對你的問題感到驚訝吧。」他結結巴巴的。「那是因為愛居港的**小孩**沒有投票權。我想……我想我們都認為這是對的，總要有人出來捍衛歐克斯船長的願望，捍衛**他的**計畫。他希望孩子們能有一所很棒的學校，而且就在大海旁邊。他也知道有一天，有些人會認為這片美麗的土地被浪費了，就只為了一所學校。」

班傑明停頓一下。吉兒還是看著自己的雙手。

「我不能告訴你要做什麼，也不能告訴你要怎麼想這件事。但是，我是覺得葛林里的人不夠光明正大，他們就只會在大家面前撒錢。而且，從我們找到這些船長留下的東西來看，他好像真的是個很棒的人。我認為他為這個鎮所做的計畫比葛林里的還好。我能確定的就是，如果**我**沒有去試著保衛這間學校，我會覺得很糟。」

吉兒轉頭看著他，不過視線很快的越過他，臉色發白。

班傑明轉頭。是李曼，正對著他們微笑。

「哎呀呀……看看是誰在這裡，就坐在大家都喜歡的參考書旁邊呢。」

班傑明沒有點頭，也沒有微笑。他盯著那個人的眼睛，然後吞了一口口水。

「星期一，我和那位圖書館助理小姐有點爭執，」李曼還是微笑著說：「她不高興我週末借走我們那本特別的書，她說那不能外借，連教職員也不行。不過，我道了歉，她也原諒我了。聽說星期一還害你差點被誤會，真是抱歉啊……」

班傑明努力不讓情緒表現在臉上，不過心臟卻怦怦的跳。

李曼從他們左邊踱步過來，一邊說話，一邊推垃圾車到桌子另

一邊，直到擋住走道才停下來。他們面前是桌子，垃圾車在右邊，背後是書架，李曼在他們左邊。他們被圍住了。

李曼繼續說：「我昨天下午在停車場外面看見舒伯特小姐，為了引起紛爭的事我又道歉一次。知道嗎？她很友善的跟我聊天。她說那本書**還**是個大問題，**有些小孩**再次借閱這本書時，掉了一頁圖片下來。她覺得不太對勁，那本書在架上已經十年了，怎麼突然間大家都想來看它？她還說，她用膠帶把圖片貼回去，這樣更牢固了。所以呢，我就想早一點來看看她是不是真的有貼好。因為，這本書**真的**很棒！來，可不可以請你們把它遞給我呢？」

班傑明知道他必須脫身，但吉兒和那台垃圾推車擋住了他的路。他還是站起來，但不是去拿那本舊書，而是很快的收拾他的筆記本和資料夾，全塞進背包，然後拿起傑克．倫敦那本小說。

「對不起，」他說：「我要去借這本書。」

李曼瞇起眼睛，微微笑著，「我想我大概不會發現什麼東西被貼在那本舊書裡吧？也許你應該把背包交給我……怎麼樣？」

班傑明搖搖頭。他的舌頭抵住門牙。他怕得什麼都無法思考，只感覺自己像隻老鼠一樣盯著一隻盤蜷起來的蛇，無法動彈。

李曼的眼光越過他，對吉兒微笑。吉兒還坐著，抬頭望著他，看起來好像比班傑明還要害怕。

「我有個很有趣的消息要說給你們兩個聽。猜猜看，是誰買下一家小公司**兩千張**優先股啊？那家公司叫作葛林里娛樂集團呢！猜得到是誰嗎？是個叫做卡爾．艾克頓的人，就住在愛居港這裡。有沒有聽說過他呀？」

班傑明看著李曼的臉，然後看看吉兒，又看看李曼。

李曼笑得更開了，「看來我們這位年輕小姐已經知道這件事了吧？她現在可為難了。她要不要再繼續為一個以為自己可以阻止進步並要死守學校的過世老頭子奮鬥呢？還是要幫助她爸爸變得非常非常有錢呢？嗯……她**會**怎麼做咧？」

他轉頭瞪著班傑明，臉上的微笑瞬間消失。

「你給我聽好了，班傑明．普拉特，」他的聲音低沉而嚴厲，「金先生給你灌輸了什麼瘋狂的想法，我不知道；你和你這位小朋友吉兒在玩什麼把戲，我也不知道。不過，時候到了，該停止這一切了，**現在**，聽懂了嗎？」

班傑明仰視著李曼的臉，拚命想記住如何直視老虎的眼睛。他做不到。恐懼讓他整個麻痺了。

他感覺到右邊有動靜。吉兒站了起來。

「李曼先生，謝謝你的表演。不過班傑明和我不怕你。我們就是**沒**在怕啦！你是很高，你是很難看，你知道怎麼讓你的聲音聽起來很陰沉、可怕，但你是個**冒牌貨**，假裝成工友，根本就不──屬──於──這裡。這裡是我──們──的學校，我們跟你這個冒牌貨不一樣。班傑明和我屬於這裡。這裡是**我們的**學校、**我們的**小鎮。而現在我們**真的**要去上課了，在這個**貨真價實的**上課日。」她停下來，皺起眉頭看著李曼，過一會兒才說：「我不知道你是怎麼知道我父親的私人事務，不過我猜你的方式肯定不合法。而且，不管班傑明和我要做什麼，都**不關**你的事。現在，你必須讓我們走，因為班傑明和我要去上導師時間，就在**我們的**學校。」

班傑明嚇呆了，但他勉強點頭說：「對啊，我們該走了。」

李曼怒視著吉兒，雙唇緊閉。接著他慢慢搖頭，「在我們把話

說清楚之前，你們哪兒都不能去。」

「喔，是嗎？」吉兒說：「你看著吧。」

吉兒轉身，抽動右腿向後，再用盡全身力氣把膝蓋往前一撞，撞在那個垃圾推車上的塑膠桶。「碰」的一聲好響亮，推車被撞飛六十公分遠，整個圖書館都聽見了。同時，吉兒大喊：「**噢！**」

辛克萊老師立刻轉頭，跳起來快步走到參考書區。

「吉兒！怎麼了？你有沒有怎麼樣？」

「都是那台垃圾推車啦！就是它擋在走道上，害我撞到了膝蓋……噢……」

辛克萊老師皺眉看著推車，又看看李曼。「你不能擋住走道，有學生在這裡就不行。」

吉兒一跛一跛的走向櫃檯，辛克萊老師扶住她的手臂。班傑明在後面緊緊跟著。

「我們去找護士看一下。」

走向櫃檯時，吉兒抬起右腳，屈著膝蓋，似乎比較不跛了。她復原得可真快。「謝謝，不過還好。現在幾乎不痛了。」

班傑明暗暗偷笑。

「好吧，」辛克萊老師說：「如果等一下還會痛，特別是走樓梯的時候，你要趕快去找護士，好嗎？」

「好。」她說。

班傑明把傑克．倫敦那本書放在櫃檯上。他的心臟跳得好快，都快說不出來話來了。「老師，我要借這本書。」

「好。」

她打開封面，掃描了條碼，然後在插卡袋裡插進一張借閱到期

卡，把書交給班傑明。

「謝謝老師。」

「不客氣，班傑明。哎，吉兒，很遺憾你撞到膝蓋了。」

「沒關係啦。」她說：「過一會兒就沒事了。」

他們出了大門左轉，走向辦公室。

班傑明忍不住跳了起來。他搶在吉兒前面倒著走，對她呵呵笑。「真神呀！」他驚呼。「剛才那……實在太強了！我……我不知道該說什麼！真的，吉兒！那實在……太帥了！」

吉兒只是走著。她搖搖頭說：「你別這麼白痴了啦。冷靜下來。不要再倒著走了！」

班傑明跳回她身邊，不過還是忍不住手舞足蹈。「真的，還有，你說的那些話，實在太有兩下子了。」

吉兒沒有回答。

之後，班傑明也不說話。他走著，把事情拼湊起來。

「那，你爸的事……是真的嗎？」

班傑明見過吉兒的爸爸。他長得矮矮壯壯的，講話很快。他是鎮上那兩家Dunkin' Donuts甜甜圈店的老闆，另外，他也持有帕森斯遊艇碼頭一半的股份，是個十足的生意人。

「是真的，」吉兒說：「你看看，我要阻止葛林里的計畫，而我爸卻非常希望它馬上開發。之前那幾個月，我媽媽忙著要擋下那個計畫，常常去公聽會什麼的，他們就一直吵架，兩個人在家裡吼來吼去、用力跺腳，很可怕！後來鎮上的投票結果確定，一切又回復正常了。而現在呢……」她聳聳肩。

她不需要再說下去。

現在，班傑明知道原因了。他明白為什麼這整個星期吉兒都那麼緊張。如果吉兒幫了他，真的擋下那個主題樂園的開發計畫，她爸媽可能又會開始大吵，而且她爸爸還會賠錢，這會讓事情更糟。說不定他爸爸會氣吉兒參與了這件事，然後她媽媽會氣爸爸對吉兒生氣……簡直是沒完沒了。要是她爸媽因為這件事、因為吉兒，而弄到要離婚怎麼辦？吉兒看到班傑明過去幾個月來一星期和媽媽住、一星期和爸爸住，她可不想自己家裡變成這樣吧！班傑明一點都不怪她。搞成這樣，吉兒不難過才怪！

但是……她剛剛在圖書館那樣又是怎麼回事？

「那麼，」班傑明小心的說：「你剛剛為什麼會那樣說？」

「因為李曼啊，誰叫他把我爸的事說出來！我爸很能幹，他誠實又努力工作。買下葛林里的股票，對他來說是好的，那樣做並沒有什麼不對。但是李曼卻利用這一點，要逼我放棄去做我認為對的事，所以我超火大的！」

「而且有夠刻薄。」班傑明笑著說：「你超會演的，太讚了！說真的，真希望有錄影下來，如果放上Youtube，一定馬上紅到不行，片名叫作：『打爆巨人工友記』！」

吉兒微微笑，不過她沒心情說笑。班傑明看得出來，她還在消化剛剛的事，試著要弄明白。說真的，班傑明也是這樣。

他們經過辦公室，在校門口，搭第一班校車的學生從他們後面湧上來，走廊上充滿了腳步聲、笑聲和叫喊聲，置物櫃乒乒乓乓的打開或甩上，老師們試著維持秩序。學校的一天開始了。

他們一起走，吉兒看著地上。「我對李曼說的那些話，」她說：「是真的……千真萬確。這是**我們的**學校。這是**我們**在這裡的

時光，就是現在。連結到歐克斯船長，還有那些學校守護者，也是我們學校的一部分。你之前說的也是真的，船長的計畫真的比較好。本來就應該那樣！而我要跟著一起盡自己的一份力量。從現在開始，不管結果如何，我們兩個都要這樣做，就算明年要上國中也一樣。我們還是要盡我們最大的努力。」

「沒錯，」班傑明說：「那是一定要的啦。」

吉兒看向班傑明，笑了。整個星期以來，班傑明覺得這是最棒的時刻了。

吉兒轉頭，擠擠班傑明的手臂，「你看，那裡。」

是李曼。大約在六公尺外，推著垃圾推車走向工友的工作間。他還沒有看到他們，不過雙方的路線總是會碰到的。

班傑明遲疑了，「我們回頭，走南邊的樓梯。」他說：「不要

戲弄老虎，記得嗎？」

吉兒繼續走，她搖搖頭。「不。規則改了。」

李曼看到他們了，他停在工作間門口，傾身在灰色桶子上，臉上沒有表情。他們走了過來。

吉兒腳步放慢，對他微笑。她指著垃圾桶。「還好現在你有注意了，李曼先生。我可不希望有人受傷喔。」

班傑明以為會大爆炸，結果沒有。

李曼皺著眉頭直往前，嘴裡喃喃唸著：「耍那招還真可愛啊。」

「可愛？」吉兒柔柔地說：「才不是。那是創造力，還有想像力。上星期，你用假名片冒充遊艇買家，去班傑明他家的船上鬼鬼祟祟的，**那**才叫做可愛。」

李曼轉頭看著她，看了好一陣子。不過，班傑明還是沒有在那男人眼裡見到任何表情。他真的很像蛇。

接著，李曼把頭一偏，突然笑了，但他說話的時候聲音很低，既尖銳又嘲諷。「哼，不管你們想做什麼，你們這些小鬼就自己去玩吧。盡量把力氣用光好了。因為三週後，這裡就**什麼也沒有**了，只剩下一個大洞，還堆滿了破磚爛瓦。」

「我們走著瞧。」吉兒說。

接著，她露出兇狠的一抹微笑，說：「走吧，班傑明。我們該**上學**了。」

班傑明跟上吉兒，突然，他回頭喊著：「啊，李曼先生，等一下。」李曼停在工作間門口。班傑明走回去，拿出口袋的香蕉皮丟進垃圾桶。然後他看著李曼，盯住他的眼睛並微笑說：「謝啦。」

13 上當啦

星期五早上，吉兒一定是染上了某種「不顧一切」的心情，而這也多少感染給班傑明了。因為，在吉兒第二次和李曼衝突之後，就在班傑明要走進他的導師教室時，突然停下腳步。

一個有點瘋狂的點子跳進他的腦袋，他決定要這麼做。

他經過導師那間美術教室旁，衝出通往遊戲場的門。他爬上歐克斯船長墳墓上的石頭，就在那裡等。上課前的警告鐘響了，他端坐不動。直到最後的上課鈴響，班傑明才爬下來，走進導師室。

他遲到了。故意的。

溫爾頓老師當然立刻處罰他放學後留校，而這就是他想要的。

接下來一整天，不管李曼出現在轉角或門口幾次，很像是監視他在學校裡的一舉一動，班傑明一點都不覺得煩。而且，他還很盼望放學後留校的時間來到。

鐘聲響起，到了放學時間。班傑明在吉兒的置物櫃那裡找到她，約好星期六下午在帕森斯碼頭碰面。接著他走下北邊樓梯去美術教室，準時兩點五十分，開始他的留校處罰。不過，他沒有坐著讀書或寫作業，反而走到教室前面。

「嗨，溫爾頓老師，有沒有什麼事可以讓我幫忙？」

「好呀，太好了。我看看……不然幫我把這些四年級的圖畫掛起來好了，掛在牆壁旁邊的第一條鐵絲。夾子在那個藍色桶子裡。你必須站上一個椅子，所以要小心。還要注意一下，有些蛋彩畫顏料還沒乾哩。」

掛這些圖畫大概花了十分鐘，然後溫爾頓老師要他用一大塊海綿把所有桌子擦一遍。正在擦桌子的時候，班傑明不時看看時間。如果計畫成功，時機會剛剛好。

處罰時間還剩四分鐘，班傑明跑去大水槽那裡，處理那些泡在桶子裡的蛋彩畫筆。他要洗掉所有的顏料，盡量把水甩乾，把刷毛理順，然後把每枝畫筆平放在鋪了報紙的桌上。

班傑明調整水溫。他把熱水水龍頭轉了三圈，然後再把冷水水龍頭同樣轉三圈。接著他將冷水多轉了四圈，再多轉幾圈直到開到最大。水柱衝向水桶，激起一堆咖啡色的泡沫。班傑明繼續轉，用盡全身的力氣，以兩手轉動冷水水龍頭。突然，水龍頭好像風車那樣拚命旋轉，水一直噴出來。

「啊，溫爾頓老師，水龍頭好像壞了。冷水關不起來！」

「**又來了**？噢！我真想**趕快**換一間美術教室！」她看了時鐘一眼。「班傑明，你可以走了。不過，去幫我找李曼先生來好嗎？跟他說趕快過來！」

「沒問題。」班傑明說。

到了走廊上，班傑明感到一陣恐慌。這件事不在他原本的計畫裡。他必須找一個同學幫他去找李曼，並告訴他美術教室裡最新的積水災情。

走廊幾乎是空的，沒人可找。不久，班傑明露出笑容。

「嘿，羅伯！」

羅伯從連接新大樓的走廊那裡快速走來，正要進入舊大樓。他一隻手拿一本書，另一手是一包洋芋片。羅伯沒有放慢腳步。

「普拉特……你在這裡幹嘛？哎呀，別說，我來猜一猜。被處罰留校了嗎？好了，不跟你聊了，我要去找因曼老師。」

班傑明趕到他身邊，小跑步的跟上羅伯的腳步。「你聽我說，溫爾頓老師需要立刻找李曼去美術教室一趟，水槽淹水了。你可不可以去找他，跟他說快點來？幫忙我一下啦！」

羅伯皺起眉頭。「你瘋了嗎？自己去找啦！我有事要忙呢！」

「羅伯，我真的很需要你幫這個忙。真的，幫我一下啦，這樣我們就誰也不欠誰了。你也知道，我救過你的**命**呀！」

這句話讓羅伯停下腳步，他轉身對著班傑明，目光炯炯。「太**差勁**了吧，普拉特，真沒水準！但告訴你吧，我接受你的條件：我去找李曼，然後我們就誰也不欠誰。一言為定嗎？」

班傑明微笑著點頭。「一言為定。」他伸手，兩人握了一下。

羅伯繼續在走廊上走著，經過工友工作間外面，他大叫：「李曼先生？」沒人回答。他要往南邊樓梯走，到了走廊轉角，他往辦公室那裡看，又大喊：「李曼先生？」

有一聲不太清楚的回答，羅伯衝進南邊樓梯的門，班傑明聽到他喊著：「淹水了，李曼先生，在美術教室。溫爾頓老師要你趕快過去。」

班傑明笑了。太棒了，看來李曼在二樓或三樓。

班傑明走到長廊的一半，躲進工友工作間對面的男生廁所。他溜進牆壁數過來的第三間，關上門，等著。

大約過了一、兩分鐘，他聽到李曼腰帶上鑰匙互相敲擊的鏗鏘聲，接著聽到工友工作間的門閂和門打開了，李曼進入工作間。

他可以想像李曼在工作檯前揀取需要的零件和工具，丟到帆布袋裡。不久，工友工作間的門又開了，他聽到那個滾輪大水桶在門框上碰撞的聲音。

走廊上，溫爾頓老師大喊：「拜託，快一點，水滿出來了！」

班傑明往外偷看，看到李曼進入美術教室，看到他關上門。班傑明把男生廁所的門再開得寬一點，兩邊看看。嗯，沒人。

他快手快腳出了門，越過走廊，進入工作間。他的心臟怦怦跳，手心出汗，嘴裡乾得像玉米片。因為現在他要完成自己在金先生喪禮上答應過湯姆·班登的事。要是那個舊綠色釣魚箱真的放在工友工作間，他大概有六分鐘可以找出來，然後趕快閃人。

不過，班傑明快步走到這個房間的另一端，先檢查那個通往外面卸貨區的門。他試了一下門上的推桿，確定沒有故障。這是他的逃生通道。

湯姆說過，他可能是把釣魚箱放在工作檯下方了。班傑明掃視過工作檯，哀嘆一聲。那裡至少有六公尺長，整個亂成一團。架子、桶子、各種工具什麼的，雜亂堆在檯子上。低一點的那層則滿滿都是雜亂無章的垃圾，多年來被丟棄或被隨手亂塞的各種東西，全都累積在那裡，有電動馬達、一箱箱生鏽的鐵鏈、裝滿螺絲和螺帽的咖啡罐、一籃保險絲，成箱成桶的廁所零件、水管、窗戶的門、鉸鏈、門把、一圈圈鐵絲……什麼都有，好像無止盡似的，而且這還只是下面這層而已。就連檯子下的地板也都堆滿了東西。

班傑明把背包甩下來，拿出手電筒好照到陰影的地方。他從工作檯左邊開始找，快速卻仔細的掃視層架。然後是下面的地板，他挪開擋到視線的東西，看到有箱子或盒子大到可以容納釣魚箱的，就打開來看看。他的手弄得又灰又髒，還得撥開黏在臉上或手臂的

蜘蛛網。

他一邊安靜搜尋，一邊拉長耳朵仔細聽著有沒有李曼的鑰匙撞擊聲或水桶滾動聲。他的心臟一直怦怦跳，舌頭也不由自主舔著裝了牙套的門牙。

三分鐘之後，他還找不完工作檯的一半。他快要沒時間了。班傑明站起來，舒展一下他的背，想著……然後他僵住了。鑰匙聲！還有腳步聲，正快速過來了。

他立刻閃往左邊，抓起背包，繼續走到放著一個大垃圾推車的牆邊。他閃身躲到垃圾推車後面，整個人趴在地上，關掉手電筒，屏住呼吸。

班傑明露出一隻眼睛，偷看走廊底端的門往內開，李曼穿著靴子的大腳直接走到工作檯。他站在那裡喃喃說著：「龍頭閥……龍

頭閥……在哪裡……在哪裡啊……」然後班傑明聽到放零件的抽屜被打開又關上，短時間內開了五、六個抽屜。然後他說：「找到了！」那雙大腳轉向，走了三大步到門口，李曼出去了。

班傑明鬆了好大一口氣，不過他還是躺著，直到聽不見任何鑰匙碰撞聲，或沉重的腳步聲。

他站起來，還在發抖，不過好多了。他也知道了一個新訊息：李曼必須換好龍頭閥，那至少會再花五分鐘……可能是吧。

班傑明又打開手電筒，急忙回去搜尋，在一堆廢物裡面翻找，還推開幾個舊油漆筒。他決定了，如果那個淺綠色釣魚箱真的在這裡，他一定要找到。

不久，他已經找到工作檯的右邊末端。他站起來關掉手電筒。膝蓋、手臂和脖子都在痛。他很失望，但至少可以告訴湯姆．班

登，他已經盡力找過了。況且，李曼不知道他偷偷來過，這算是他的一場祕密勝利。誰知道呢？也許湯姆根本沒有把釣魚箱放在這裡，也許它被塞在倉庫裡的櫃子，在……

班傑明打斷了自己的思緒。在工作檯最右邊，就在檯面上，有一個東西從一大疊藍色抹布下突出來。那絕對是個箱子，邊角平滑、金屬製，而且是淡綠色，還有一些鏽斑。

他拿開那一疊抹布，找到了！那個釣魚箱的最上面漆了一個名字，是用小筆刷沾黑色顏料寫的，因為經年累月的使用而幾乎剝落了。那個名字是：湯姆．班登。

班傑明抓起釣魚箱的把手。和湯姆說的一樣，它很重，也許有三、四公斤吧。他趕快去垃圾筒後面把自己的背包拿起來，拉開最大那一袋的拉鍊，把釣魚箱塞進去。剛好塞滿，不過他要費一番工

夫才能拉上拉鍊。

班傑明趕快繞到大水槽那裡。要是被人看到他的手這麼髒，一定會被盤問。

洗完手、在抹布上擦乾時，他看著工作檯，確定看不出有什麼異狀。還好，還是一團亂。他把背包甩上肩膀，轉身要去通往走廊的門，卻停下腳步。他快步走到通往卸貨區的出入口，打開那扇灰色大門，往外看看……附近沒人。從這裡出去，比走廊安全得多。

他踏出門到了一個水泥平台上，走到平台邊緣，往下走四個階梯，穿過停車場，走到一條通往學校街的步道，就這樣出來了。現在，他看起來和其他放學回家的小孩沒有兩樣。

班傑明開始跑，慢慢且不費力的跑。他還是有點緊張，跑步可以讓他甩掉繃緊的壓力。那個沉重的箱子撞著他的背，感覺又怪又

不舒服，不過他不在乎。剛才可是在李曼的地盤上，完成了一項非常成功的突襲呢！如果他快一點，也許可以騎上腳踏車、帶著箱子直接去海灣安養院……希望湯姆沒有去參加另一場喪禮。班傑明等不及要看湯姆的表情啦！

他慢慢跑過中央街，然後往他家方向快跑，最後半條街是全力衝刺。轉進門前步道，他一口氣跳上門口三個階梯，在門前急急停住。他背上的重量突然改變，立刻轉頭往右邊看，那個釣魚箱和社會科讀本翻出來了，掉到門前地上。剛才那一跑，把他的背包拉鍊都甩開了。尼爾森從後院對著他狂吠。

釣魚箱沒摔壞，蓋子卻被震開了一半，這倒是沒關係。班傑明彎下腰把箱子扶正，仔細撿起一些生鏽的魚鉤和紅白相間的捲軸放在箱子最上層。有一些大塊的重物也滾出來了，他伸手要拿，卻僵

住了。在那堆灰色鉛塊之間，有兩枚硬幣，一個是亮金色的，另一個看起來幾乎是黑色。

他撿起金色那枚硬幣，上面是一個男人的臉，高高的鼻子、鼓鼓的臉頰，還有很像某種馬尾的長頭髮。

這枚硬幣的另一面刻著華麗的紋飾，四周是一些大寫字。看到年代，班傑明差點失手讓它掉了下來——是一七七五年！

他撿起另一枚硬幣，立刻就認出來了。這是麻州松樹先令。是第一批在美國東岸殖民地所鑄造的銀製硬幣之一，因為班傑明差不多在一個月前才學到這件事。這個硬幣已經失去光澤，也磨損了，但日期還看得出來——是一六五二年！

兩枚古老的硬幣，現在一定價值連城，太酷了！但是……為什麼會在湯姆的釣魚箱裡？是他放在裡面的嗎？這一定要去問他了。

班傑明知道媽媽現在不在家，不過很快就回來了。他不想跟她解釋這些，所以得趕快把東西都丟到箱子裡。正要闔上蓋子的時候，它又翻開了。班傑明看得目不轉睛。

整個釣魚箱下層裝得滿滿的全是金幣，大概有四十或五十個，而且還有不少先令！

看著這一箱金幣、銀幣，班傑明突然明白了：湯姆．班登在騙他！說什麼他想拿回這個釣魚箱只是因為「留在身邊也好」。也是啦……**沒有人**想把一箱寶藏忘在那裡吧！

一定有某種理由，讓湯姆把這個箱子藏在學校，而現在他需要拿回去，所以他才會使喚班傑明當他的跑腿小弟。

班傑明鎖上箱子，連同他的社會科讀本拿起來。一進到屋裡，他直接去廚房找出便條紙，不理會尼爾森在後門哀鳴。

嗨，媽！我三點十五分到家了。我要騎車去高地街的海灣安養院，和一個退休工友見面，是為了那個加分報告做的訪問。會盡快回家。

愛你　班傑明

不到兩分鐘，班傑明已經騎在中央街南端。釣魚箱包在一個咖啡色的紙袋裡，還被三條彈力繩綁在後輪上方的架子，這下子在路上絕對不會掉出來。他必須把這箱子完好無缺的送到海灣安養院，親自交給湯姆．班登。

然後，再問他幾個問題。

14 工資

會取高地街這個名字，不是沒有道理的。班傑明從中央街左轉之後，一路上必須不時按住兩邊煞車，直到海灣安養院的那個街區。這個地方在一八七〇年代是間旅館，三層樓的華廈、高高的窗戶、圓形的角樓、寬闊的門廊，還附設搖椅，用來招攬夏天的觀光客。這棟房子總讓班傑明想起城堡。搖椅還在，現在有一半以上是這裡的住客在使用。

他把腳踏車鎖在前門階梯旁的扶手上，在解下綁住釣魚箱的彈力繩之前，他看向海灣。湛藍的海水波光粼粼，一直延伸到地平

線。湯姆．班登說這裡的海景相當好，的確是這樣。班傑明可以站在這裡一直待到日落。不過，他還有事必須進去裡面。

大廳櫃檯有一位頭髮深色的年輕女人，抬起頭來微笑看著他。她穿得不像護士，而且這地方的味道聞起來也不像有護士在這裡工作，還比較像是學校的圖書館。

「哈囉，有什麼事嗎？」

「嗯，謝謝，我想找湯姆．班登先生。」

她一邊眉毛揚起了一些，笑容更加燦爛。「他知道你要來嗎？」

「沒有，我是剛好路過。我帶了一些東西要給他。」

那女人從椅子上稍微起身，看看班傑明手臂下那包東西。

「不能帶生鮮食品進來喔，牛排、烤雞啊，都不行。因為我們有規定在房間裡不能煮食，而且湯姆……就是班登先生，他違反過這條規定。」

「喔，我沒帶吃的。這只是……收納箱，箱子而已。」班傑明這麼說，是因為這裡說不定還規定不能有生鏽魚鉤這類東西。

「好。那……」她低頭看著記錄表。「我知道他今天下午在，他的房間是二〇七套房。你就直接從那裡上去，我會從這裡打電話跟他說你上去了。請問你的名字是？」

「班傑明．普拉特。如果他不記得我的名字，就跟他說是星期一幫他拿水果的那個小孩，好嗎？」

「好的。祝你來訪愉快。你可以搭我後面這部電梯，就在左邊那裡。」

「謝謝。」班傑明說。

電梯很慢，還嘎吱嘎吱的，裡面裝飾的都是深色胡桃木搭配黃

銅格子圖案，很漂亮。到了二樓，電梯門咿咿呀呀的打開，班傑明可以肯定的是，他就算再怎麼喜歡老東西，電梯還是全新的好。

「嘿，班傑明．普拉特，在這裡！」

湯姆．班登站在他的套房門口，一隻手拄著拐杖，另一隻手對班傑明猛揮，好像他是久別重逢的兒子一樣。

班傑明也對他揮揮手。「嘿，湯姆，很高興見到你。」

他走到門口，湯姆和他握握手，然後一直不放手的把他拖進去。「我好驚訝，你怎麼突然來了？進來進來，來坐一下。」

湯姆的客廳很明亮乾淨，整理得有條不紊，不太像班傑明想像中退休工友的家。一張淡灰色鋪著襯套的沙發擺在牆邊，窗戶旁則是一對鋪著有點磨損的綠色天鵝絨布的扶手椅，兩張椅子面對面，中間還隔了一張淺色的松木矮桌。地板是磨亮的硬木板，沙發前鋪了一張藍色編織地毯，另一張更大的地毯則鋪在那組扶手椅和矮桌下面。湯姆很快移動著他的助步器，走到右邊那張椅子坐了下來。

班傑明先看看窗外才坐下。「我以為門口那裡看到的景觀已經很好了，不過這裡更棒！這地方很不賴呢！」

「謝謝你，」湯姆說：「我喜歡這裡，很喜歡。」他對班傑明手臂下的那個包裹點點頭。「我想你給我帶了一盒新鮮草莓，還有一筒香草冰淇淋，是不是呀？」

「不是，」班傑明說：「不過我想你也會喜歡這個的。」

「那……是巧克力蛋糕囉？」

「也不是，」班傑明笑了起來，「是你的舊釣魚箱，我在工友工作間找到的，差不多就是在你說的地方。」

班傑明看著他的臉，看著他的反應。

他只看到高興，純粹的高興。湯姆的眼睛睜得很大。

「真的？你找到了？我看看，讓我看看！」

班傑明把箱子從紙袋裡抽出來，那老人的臉就像七彩摩天輪那樣閃亮起來。

班傑明捧著箱子，並沒有把它交過去。他留意著湯姆的臉，說：「我得老實跟你說，我在我家門口不小心讓它掉下去了，蓋子被震開。有些東西掉出來了……真對不起。」

湯姆臉上的笑容消失了，他看著班傑明好久。

他不說一句話，只是抓起他的拐杖站起來。他很快轉身，拖著腳步走到小廚房，班傑明看到流理檯上有個小微波爐，牆邊還有一個小冰箱，但是沒有爐子。

不過，湯姆可不是去拿吃的點心，也不是去廚房。他在一個小小的拱形牆洞旁停了下來，那裡有個架子，上面放了手持式電話和一台答錄機。

湯姆說：「我要你聽聽這段。」他按下錄音播放鍵。

先是一聲喀噠，接著一陣無聲之後，「湯姆？是我。我想要你去拿你的舊釣魚箱。你知道在哪裡。我留了一些東西給你。現在不能講了。你明天打到家裡給我。」

班傑明一陣顫抖，手臂上的汗毛都豎了起來。是金先生……從墳墓來的聲音。

班傑明身體往前傾，把釣具箱放在矮桌上。答錄機發出刺耳的「嗶」一聲，害他嚇一跳。

機器的聲音說：「五月二十一號……上午十點三十三分。」

湯姆輕輕的說：「要不要再聽一遍？」

班傑明搖搖頭，湯姆回到椅子上，坐了下來。

「所以……那就是羅傑跟我說的。差不多一小時之後，他就死了。我為什麼想知道他要我去拿那個箱子的原因，這下子你明白了吧……不過，就算那上面漆了我的名字，我總不能就這樣闖進學校，直接把它拿走。你跟我講了羅傑和那個新來工友的事情之後，哎，我就確定這條路行不通。所以……我算是在利用你，幫我把那東西拿回來。不過，我猜你已經知道了吧！」湯姆停頓一下，然後向那個釣具箱點點頭，「現在，你知道的比我多，因為裡面到底有什麼，我根本不曉得。」

班傑明拿起那個紙袋，撕開一邊，然後把它平鋪在桌上。他打開那個釣具箱，在咖啡色紙袋上把那箱子倒過來，裡面的東西全都滾出來，魚鉤、鉛塊、塑膠浮標、魚餌、一些糾結的尼龍繩，一把生鏽的碎片，還有一大堆金幣和銀幣。

「老天爺！」湯姆輕聲說：「金子？」

「是金幣，」班傑明說：「深色的是銀幣。我只各拿了一個起來看。金幣是一七七五年的，銀幣是一六五二年的松樹先令。很驚人吧？」

「哎喲喂呀！這些值不少錢呢，要是收集錢幣的人看到了，豈不樂瘋了！不過……羅傑是從哪裡弄來這些東西的？」

班傑明聳聳肩。「大概是從學校的某個地方吧，我騎車過來時是這麼想的。不過，我以為找到這些錢幣的人是你。但是聽了金先生那樣說之後，我想是他在學校發現這批錢幣。他一定不是在別的地方找到，再帶到工作間裡，那樣太不合常理。而且，那棟建築物真的很舊，我們知道歐克斯船長一定會藏東西在裡面。所以金先生

找到這些東西，希望把它弄出學校。他打那通電話的時候，人已經在醫院了，他知道自己可能必須請一陣子的病假，所以希望你幫忙。也許他是想和你分享這些錢幣。聽起來，你們兩個確實是好朋友呢！」

湯姆慢慢的點點頭。「我們真的是好朋友，但是我不能留著這些東西。我的意思是，這些不是我的東西。也不是羅傑的。我們必須把這些錢幣送回去。」

「嗯……」班傑明試著冷靜思考，「我不覺得這是好辦法，尤其是現在。這樣真的會讓事情攪成一團。」班傑明知道事情可能會更糟。每個小孩、每個老師、每個在歐克斯小學的人，都會陷入一股金幣狂熱。他們會為了找寶藏把學校拆了。至於鎮上的人呢，他們會帶著拔釘器或鏟子、圓鍬之類的東西，半夜偷偷摸進學校，挖

出地下的戰利品。

「我真的覺得你留著這些錢幣沒有關係。不然，我們還能給誰呢？歐克斯船長嗎？」

湯姆．班登笑不出來。他搖搖頭。「我不能留著不屬於我的東西，就是不行。」

班傑明腦筋轉得很快，他說：「但是，說真的……如果這些錢之前放在學校，而歐克斯船長把它留在工友找得到的地方……這就表示，你們這幾年來一直為他工作，所以他付了這些錢給你們。他也會付給金先生的。」

「你在說什麼呀？我們是為愛居港教育處工作啦！」

班傑明伸手進他的褲帶，掏出那枚大金幣。他舉高金幣說：

「你不是帶著這東西很久很久嗎？」

「當然啦，二十四年了！」

「那誰是你前一任的工友呢？」

「吉米・寇克林。」

「吉米給你這個硬幣的時候，你不是答應要遵守歐克斯船長的命令嗎？你不是有答應要為愛居港的孩子們保衛這間學校嗎？」

湯姆往前傾，然後站起來，他抓住拐杖，兩手的指節都變白了。他往下凝視著班傑明，眼神嚴厲且閃閃發亮。「當然！吉米要我虔誠發誓的。」

班傑明此刻呼吸急促，接下來要說的話如潮水般湧入他腦中。

「嗯，你帶著這個那麼多年，歐克斯船長**就是**你的老闆，你就是為**他**工作啊！」班傑明想起阿曼達・波吉斯女士對吉兒說的話，於是再加了一句：「其實，你和船長之間有一個契約，你那二**十四**

年來都遵守了那個契約，每一天都是。你是學校的守護者。如果歐克斯船長現在就在這裡，你知道他會怎麼做嗎？」班傑明把他的手伸進那堆錢幣，抓了一把。「船長會拿這些錢塞進**你的**口袋，而且他會說：『湯姆．班登，我真**以你為榮**，這些呢，是你的工資，我要謝謝你為我、為學校裡的所有小孩所做的一切。謝謝你！』」

那個老人的眼睛裡充滿了淚水。他慢慢坐回椅子上，轉頭看著大海。他安安靜靜的，讓班傑明連大口呼吸都不敢。

湯姆仍然望著大海，但他說：「從這裡看，景色真好。但是，再怎麼樣也沒有學校那麼好。老船長對他要做的事清楚得很。你不覺得嗎？」

「是啊。」班傑明說著，將手裡那一把硬幣放回錢堆裡。「我想歐克斯船長**確實**知道他要做什麼。我們所要做的，就是找出到底

他想要怎樣，然後趕快完成它。」

湯姆轉頭看著班傑明。「唉，現在我們遭到攻擊，千真萬確。但我的誓言仍然有效。所以，這事算我一份吧。只要我能做的，不管白天晚上，你都可以打電話給我。從現在開始，我會保管船長的錢，我們再看看怎麼用它。不如你寫下來，否則口說無憑。」

班傑明搖搖頭。「你說你會留著，我知道這一點就夠了。」他站起來，湯姆也是。班傑明伸手越過桌子，兩人握了握手。

班傑明微笑著說：「那麼，再度加入護衛學校的行列，感覺怎樣啊？」

湯姆咧嘴笑了。「還不就那樣，這件事我可是做了一輩子呢！」

「我也這麼覺得，」班傑明說：「因為我也是。」

學校是我們的❷
五聲鐘響

文／安德魯．克萊門斯　譯／周怡伶

主編／林孜懃　內頁繪圖／唐壽南　特約編輯／楊憶暉
行銷企劃／陳佳美　出版一部總編輯暨總監／王明雪

發行人／王榮文
出版發行／遠流出版事業股份有限公司　臺北市南昌路2段81號6樓
電話：(02)2392-6899　傳真：(02)2392-6658　郵撥：0189456-1
著作權顧問／蕭雄淋律師
輸出印刷／中原造像股份有限公司
□2014年10月1日　初版一刷　□2020年11月15日　初版六刷

定價／新台幣250元（缺頁或破損的書，請寄回更換）

ISBN 978-957-32-7502-2
YL 遠流博識網 http://www.ylib.com　E-mail:ylib@ylib.com
遠流YA讀報粉絲團 https://www.facebook.com/yaread

BENJAMIN PRATT & THE KEEPERS OF THE SCHOOL:
FEAR ITSELF

國家圖書館出版品預行編目資料

學校是我們的 . 2, 五聲鐘響 / 安德魯．克萊門斯（Andrew Clements）著；周怡伶譯 . -- 初版 . -- 臺北市 : 遠流 , 2014.10

面；　公分 . --（安德魯 . 克萊門斯 ; 18）

譯自：Benjamin pratt & the keepers of the school : fear itself

ISBN 978-957-32-7502-2（平裝）

874.59　　103018223